신부 수업,
열심히 하겠습니다.
기대, 하세요.

어째선지 신부 수업만 받고 있다
어학 유학하러 왔다는 귀족 영애,

사쿠라기 사쿠라
일러스트
GreeN

아멜리아
릴리 스태퍼드

쓰다듬어 주세요.

"릴리, 너무 달라붙는 거 아니야……?"

"보통, 이에요."

등에 부드러운 게 계속 닿는데…….

어학 유학하러 왔다는 귀족 영애, 어째선지 신부 수업만 받고 있다

사쿠라기 사쿠라 지음

GreeN 일러스트

정우주 옮긴이

NOVEL

CONTENTS

목
차

제1장 어학 유학하러 온 귀족 영애,
신부 수업을 시작하다

고등학교 2학년, 시업식이 끝난 후 하는 조례.

"아멜리아 릴리 스태퍼드입니다. 영국에서 왔습니다. 아멜리아라고 불러주세요."

요정처럼 가련한 용모의 소녀는 천사가 방울을 울리는 것 같은 음성으로 이름을 댔다.

아름다운 은색 머리카락이 아침 햇살을 받아 눈부시게 빛났다.

전학생은 보석처럼 빛나는 푸른 눈으로 교실을 빙글 둘러보았다.

전학생은 취미나 특기 등 무난한 자기소개를 하고 나서 질문을 받기 시작했다.

좋아하는 일본 음식은 무엇인지.

영국에서 받는 일본의 인상은 어떤지.

전학생은 그런 흔해 빠진 질문에 다소 혀가 짧으면서도 능숙한 일본어로 차례차례 대답했다.

그리고 마지막으로 누군가가 물었다.

일본으로 유학 오기로 결정한 이유는? 일본에 흥미를 품게 된 계기는?

그 질문에 여태까지 막힘없이 대답하던 전학생은 살짝 생각에 잠긴 기색을 보였다.

그리고 작게 미소 지으며 나, 쿠도 소우타 쪽으로 시선을 향했다.

……이 녀석.

"저기 있는 저 사람, 소—타와, 영국에서, 같은 반이었습니다."

자연스럽게 나한테 시선이 모였다.

내가 작년에 영국으로 유학하러 갔었던 것은 누구나 다 아는 사실이었다.

"그와 접하는 사이, 일본에, 흥미를 품었습니다. 그게, 이유, 입니다."

그 후로 전학생은 장난스러운 미소를 지었다.

"지금은, 그의 집에, 홈스테이하고 있습니다. 즉…… 동거 중, 입니다."

동거 중입니다.

어째서인지 전학생은 강조하듯이 말했다.

"잘 부탁합니다."

전학생은, 릴리는 명백하게 나를 향해 그렇게 말하더니 윙크했다.

그리고 내 옆자리에 앉았다.

조례가 끝나자 눈 깜짝할 사이 나와 소녀의 주위에 인파가

몰려들었다.

반 애들은 제각각 우리에게 질문을 해댔다.

"동거라니 어떻게 된 거야?!"

"혹시, 둘은 연인 사이야?!"

"영국에서 쫓아온 거야?!"

"사귀게 된 계기는?"

"국제 원거리 연애라는 소리야?!"

"어어, 아아, 잠깐. 진정해……."

나는 흥미진진해하는 반 애들을 진정시키면서 릴리에게 눈짓했다.

네가 설명하라고.

그러자 릴리는 다 알았다고 주장하는 양 크게 고개를 끄덕였다.

"상상에, 맡기겠, 습니다."

그러더니 불에 기름을 부었다.

대체 얘는 무슨 생각을 하는 거냐고……

※

　시간을 거슬러 올라가 한 달 전.

　우리 어머니가 갑작스러운 말을 꺼냈다.

　"소우타. 유학생이 우리 집에 홈스테이하러 오겠다고 하면, 어떻게 생각하니?"

　"네? 뭐, 별로 상관없는데요…….."

　반년 전까지 나는 영국에서 유학했다.

　전원 기숙사제 학교였으니까 홈스테이를 하지는 않았지만 영어는 할 수 있었다.

　그러니 우리 집이 후보에 오른 것은 이상하지 않다.

　"다만, 어떤 사람인가에 따라서 갈리겠죠."

　홈스테이란 같은 집에서 사는 것이다.

　당연하지만 성격이 나쁜 녀석과 같은 지붕 아래서 자고 싶지는 않다.

　"그건 걱정 없어."

　어머니는 생글생글…… 아니, 히죽히죽 웃으면서 그렇게 말했다.

　어째서인지 불길한 예감이 들었다.

　"소우타가 잘 아는 사람이니까."

　"흐음, 그렇군요."

즉 내가 유학했을 때 생긴 지인 중 누군가라는 뜻이 된다.

문득, 내 뇌리에 떠오른 이는 메리라는 이름의 금발벽안 소녀였다.

일본 문화……라기보다는 애니메이션을 좋아한다고 하던 그 애는 나에게 일본 서브 컬처에 관해서 자주 물어왔고, 언젠가 일본에 가고 싶다고 말했다.

"혹시, 여자애예요?"

"어머, 눈치가 빠르잖아."

어머니의 히죽거림이 강해졌다.

혹시 나와 그 애가 연인이라 착각하는 걸까?

분명 그 애와 사이가 좋기는 했지만 연인 사이는 아니었다.

"엄마가 생각하는 관계가 아니에요."

"정말, 부끄럼쟁이라니까."

어머니는 묘하게 기뻐 보였다.

어째서인지 무언가 확신이 있는 기색이었다.

그때 나는 위화감에 관해 깨달았어야 했던 것이다.

그리고 새해가 시작되는, 며칠 전.

공항에 나타난 이는 아름다운 은발의 미소녀.

『오, 오랜만……이네요.』

겸연쩍어 보이는 표정을 띠면서 나타난 이는 아멜리아 릴리 스태퍼드.

유학지에서 친구가 된 후 싸우고 헤어진 귀족 영애였다.

※

아멜리아 릴리 스태퍼드와는 유학 간 학교에서 만났다.

백은으로 빛나는 머리카락과 맑고 푸른 눈동자.

요정처럼 가련한 외모.

도자기처럼 매끄럽고 아름다운 피부.

그리스 조각처럼 균형 잡힌 팔다리.

영국은 예쁜 애가 많다고 생각했는데 그중에서도 단연코 예쁜, 미인인 여자애였다.

그렇다기보다 분위기가 달랐다.

얼음처럼 차가워서 남을 다가오게 하지 않는 고고한 공주님.

그런 인상의 그 애는 『얼음 공주님』이라고 불릴 만큼, 상당히 좋은 집안의 귀족 영애였다.

내 유학지인 퍼블릭 스쿨(전원 기숙사제 사립 학교)에는 양갓집 자녀가 많았지만 그중에서도 알아줄 만큼 명문 집안.

본인도 용모 수려, 두뇌 명석, 스포츠 만능이라는 삼박자를 갖춘 고스펙 미소녀였다.

물론 그런 그 애와 갑자기 친해지지는 않았다.

내가 처음 사이가 좋았던 사람은 메리라는 일본 오타쿠 소녀였다.

그리고 그 소녀와 릴리는 친구였다.

메리를 통해서 나와 릴리는 친해졌다.

그 후로 릴리와 같이 지내는 시간이 늘어났다.

내 쪽에서 거리를 안내해 달라고 부탁한 적도 있었고 릴리
쪽에서 권유해 준 적도 있었다.

어느 날, 릴리 쪽에서 「아멜리아가 아니라 릴리라고 불러도
돼요」라는 말을 꺼냈다.

그렇다, 당시에 나는 릴리를 『아멜리아』라고 불렀던 것이다.

미들 네임으로 『릴리』라고 부르던 사람은 가족을 제외하고
는 메리뿐이었다.

이리하여 나는 귀족 영애와— 릴리와 절친이 되었다.

그런 절친과 어째서 싸우고 헤어졌느냐.

그 경위를 설명하기는 조금 어렵다. 그도 그럴 것이 나는 왜
릴리가 화냈는지, 아직 잘 모르기 때문이다.

분명…… 내가 일본으로 돌아간다고 알린 순간, 릴리의 기
분이 언짢아졌다.

자신은 그런 말을 못 들었다며.

처음 자기소개할 때 반 애들에게는 1년 동안의 유학이라는
사실을 알렸고, 그때 릴리도 거기에 있었을 테니 못 들었을 리
가 없는데…….

릴리는 선입견이 강한 편이니 내가 앞으로 계속 영국에 있으리라고 뇌 내에서 결정지었을지도 모른다.

그 후로 릴리는 나에게 영국에 남으라고 설득했다.

대학은 영국에서 다니면 좋다, 학비는 빌려줄 테고 뭣하면 내주겠다, 취직이라면 아버지의 연줄이 잘 먹힌다…….

고마운 제안이기는 했지만 친구에게 그렇게까지 신세 질 수는 없었다.

그래서 정중하게 거절했다.

그랬더니 릴리는 크게 화를 냈다.

거짓말쟁이, 사기꾼, 마마보이, 바보, 멍청이, 죽어.

실컷 매도당했다.

매도당해서 좋은 기분이 들 사람은 없다.

그래서 나도 무심코 되받아치고 말았다.

제멋대로 고집을 부리지 말라고.

평소의 울분 또한 조금 쌓였을지도 모른다.

그 이후로는 말다툼으로 발전해서…….

『이제, 당신 같은 사람은 몰라요. 정말 싫어요! 일본인지 뭔지 모르겠지만, 원하는 곳에 가면 되잖아요? 다만, 두 번 다시 제게 얼굴을 보이지 마세요!』

『아아, 그래, 알았어. 이제 너와 안 만나도록 할게.』

이리하여 우리는 싸우고 헤어졌다.

나중이 되어서 후회하고 사과할까 생각했지만 역시 내가 사과하는 건 이상하다고 느꼈다.

그래서 내 쪽에서 연락을 취하지는 않았다.

그리고 릴리 쪽에서도 연락은 오지 않았다.

이리하여 소식이 끊겼을 릴리였지만 어째서인지 그 애는 우리 집으로 홈스테이를 하러 찾아왔다.

"여기가 아멜리아의 방이야. 가구 같은 건 어떠니? 들어가겠어?"

"괜찮아요. 그렇게, 많이 안 가지고 왔거든요."

더군다나 어째서인지 일본어를 할 수 있게 되었다.

다소 혀가 짧아서 능숙하다고 말하기는 어렵지만 일상 회화에는 곤란하지 않을 수준이다.

예전에는 「초밥」, 「카츠카레」, 「라멘」 정도밖에 몰랐는데…….

"그럼 나는 장을 보러 다녀올게. 뒷일은 젊은 두 사람끼리…… 잘 해보렴."

어머니는 기분 좋게 외출하고 말았다.

집에는 나와 릴리, 둘만이 남겨졌다.

나도 모르게 릴리 쪽을 보자…… 서로 눈이 마주치고 말았다.

『뭐, 뭔가요……?!』

릴리 쪽도 아까 전부터 나와 말을 붙이고 싶은지 시선만을 보내오고 있었다.

나와 마찬가지로 마음이 불편한 모양이었다.

두 번 다시 얼굴을 보이지 말라고 말한 것은 릴리 쪽이고, 일본에 온 것도 릴리 쪽이니까 당연한가.

『저기, 릴리. 일본엔 뭐 하러 왔어?』

이대로 가만히 있다가는 결말이 나지 않으니 내 쪽에서 물어보기로 했다.

그러자 릴리는 잘 물어봤다고 주장하는 양 기쁜 표정을 띠었다.

그리고 힐끔 눈을 위로 치켜뜨고서 나에게 시선을 보냈다.

그 얼굴은 살며시 붉어져 있었다.

그리고 그 도톰한, 고혹적인 입술이 열리고 일본어로 대답했다.

"신부 수업, 이에요."

※

나, 아멜리아 릴리 스태퍼드에게는 연인이 있다.

쿠도 소우타라는 일본인 소년이다.

처음에는 흥미도 없었지만 내 절친인 메리와 그가 친해져서 말을 트게 되었다.

그와 얘기해 보니(영어는 매우 서툴러서 듣기 힘들었지만) 의외로 말이 통했다.

테니스를 할 수 있다고 해서 같이 해 보니 좋은 승부가 되었다.

대영박물관에 아직 가 본 적이 없다고 해서 데리고 가줬더니 열심히 내 이야기를 들어주었다.

영어를 가르쳐 달라고 하길래 매일 방과 후에 가르쳐 주게 되었다.

영화관에 갔다.

유원지에 갔다.

등산을 갔다.

같이 있으면 즐겁다고 느끼게 되었다.

좋아하게 되었다.

그래서 「릴리라고 불러줘요」라고 말했다.

나를 『릴리』라고 부르는 사람은 (메리를 제외하면) 가족뿐이라는 사실도 알려줬다.

그는 놀라면서도 「알았어」라고 대답했고 나를 릴리라고 불러주게 되었다.

이리하여 우리는 연인이 되었다.

물론 연인이 되었다고 해서 극적으로 무언가가 변하지는 않았다.

직접 좋아한다고 말하기는 부끄럽고…….

손을 잡기는 쑥스럽고…….

하물며 키스라니…….

미혼 남녀가 하면 망측하다고 여겨질 만한 일은 결코 하지 않았지만…….

그래도 나는 그와 마음이 서로 통한다고 생각했다.

그가 이대로 영국에서 같이 있어 주리라고, 나와 결혼해 주리라고 생각했는데…….

그렇다, 그것은…….

여름방학 때 가족 여행으로 바다에 가는데 같이 오지 않겠냐고 그에게 권유했을 때였다.

가족에게 그를 소개하자.

그에게 내 수영복도 보여줘야지.

살짝, 대담한 짓도 해야지.

이것저것 생각하던 나에게 그가 말했다.

여름방학에는 귀국 때문에 바쁘니까 갈 수 없다고.

……내가 가자고 하는데, 못 간다고?

그보다, 귀국?

어디로? 설마 일본으로……?

연인인 내가 있는데?!

나는 그를 필사적으로 붙잡으려 했지만 그는 「부모님이 걱정하시니까」라고 말하며 완고하게 돌아가겠다고 주장했다.

연인인 나보다 부모가 소중한 건가?

여태까지 쌓은 나와의 관계는 놀이였던 건가?

이미 부모님이나 남매들에게 「연인이 생겼어」라고 자랑하고 말았는데.

연인을 소개하겠다고 말해 버렸는데!

나는 머리에 피가 올라서 이것저것 심한 말을 하고 말았다.

그랬더니 그는 화내기 시작했다.

제멋대로 고집을 부리지 말라고.

그가 나에게 화낸 것은 처음 있는 일이라서 깜짝 놀라고 말았다.

내심 무섭다고 느끼면서도 절교하겠다고 맞받아쳤다.

역시나 이렇게까지 말하면 양보해 주리라고 생각했다.

평소에는 그랬었다.

하지만 그는 차가운 목소리로 말했다.

『아아, 그래, 알았어. 이제 너와 안 만나도록 할게.』

이렇게 싸우고 헤어졌다.

하지만 처음에는 심각하게 받아들이지 않았다.

소우타 쪽에서 사과해 주리라고 생각하고 기다렸다.

기다리는 사이, 그는 정말로 돌아가고 말았다.

점점, 분노보다도 쓸쓸한 마음이 더 커졌다.

그를 만나고 싶다.

하지만 「두 번 다시 얼굴을 보이지 마」라고 말해놓고 이제

와서 영국으로 와달라고는 할 수 없었다.

고민한 결과, 나는 문득 좋은 생각을 떠올렸다.

내가 일본으로 가면 되는 것이다.

일본어를 배우고 동시에 그의 학교에 전학할 준비를 시작했다.

홈스테이는 그의 집으로 정했다.

……모르는 사람의 집에 머물기는 무섭다.

다행히도 그의 어머니에게는 「연인이니까」라고 전했더니 쉽게 말이 통했다.

하지만 소우타에게 연락만큼은 할 수 없었다.

하다못해 홈스테이하는 사실만은 전해야 한다.

그렇게 생각하면서 시간이 지났고 정신을 차리고 보니 일본에 가는 날이 되고 말았다.

"오, 오랜만……이네요."

"어, 아아……. 응, 오랜만이야."

오랜만에 만난 그는 기억과 다름없이 멋졌다.

그리고 곤혹스러워하는 기색을 드러내는 표정을 짓고 있었다.

그에게는 내가 온다는 사실을 전하지 않았으니까 당연했다.

"저기, 릴리. 일본엔 뭐 하러 왔어?"

다행히도 그는 화내지 않고 평범하게 말을 걸어 주었다.

어학 유학……이라고 얼버무릴 수는 있었지만, 이 상황에서는 솔직하게 대답하자.

내가 일본에 온 목적.

그것은—.

『신부 수업, 이에요.』

그의 신부가 되기 위해서 일본어와 일본 문화, 집안일을 배우는 것.

그리고 내가 없으면 살아갈 수 없게끔 그를 홀딱 빠지게 만드는 것.

그리고 영국으로 데리고 돌아가는 것이다.

※

신부 수업. ……신부 수업?

내가 아는 일본어의 『신부 수업』은 시집가기 전의 여성이 결혼 후를 대비해 집안일이나 몸가짐 등을 배우는 일이다.

하지만 릴리는 아직 고등학생이다. 신부 수업을 하기에는 너무 이르고 애당초 일본에 와서 할 일은 아니다. 그보다 영국에 신부 수업이라는 문화가 있는 건가……?

아니, 잠깐.

릴리는 이래 봬도 귀족 영애이니 약혼자 같은 게 있을지도 모른다.

어쩌면 그 상대가 혹시 일본인일 수도 있고.

일본의 뼈대 있는 집안이라든가…….

그와 같은 망상을 해 보았지만 솔직히 가능성은 낮았다.

잘못 말했거나 혹은 누군가 잘못된 지식을 불어넣은 것이리라. 반쯤 재미로 어설픈 일본어를 불어 넣을 법한 녀석이라면, 한 사람 안다.

바로 메리였다. 그 녀석이 무언가 어설픈 소리를 불어 넣은 것이리라.

릴리는 순수하니 그 말을 믿는 것이다.

아마 일본 문화를 배운다든가, 그런 뉘앙스로 말하고 싶은 것이리라.

나는 혼자서 멋대로 받아들였다.

『그렇구나. 응원할게.』

"네, 열심히 하겠어요. 기대, 하세요."

릴리가 의기양양한 표정을 지으면서 일본어로 그렇게 대답했다.

아니, 하지만…….

『일본어, 잘하네.』

일상 회화 범위 내라면 완벽하다.

조금 더듬거리는 부분은 있고 혀가 짧은 인상도 받지만……
충분히 알아들을 수 있었다.

"정말, 인가요? 능숙하게, 말하나요?"

기쁜 표정으로 흐드러지게 웃는 릴리를 향해 나는 크게 고개를 끄덕였다.

『그래, 일본에서 자랐다고 말해도 다들 믿을 거야.』

"열심히 했으니까요."

내가 칭찬하자 릴리는 득의양양한 표정으로 가슴을 폈다.

실제로 상당히 노력해야 반년만에 이렇게까지 능숙해지겠지만…… 무엇이 그녀를 그렇게 만든 것일까?

"영어가 아니라, 일본어로 말해, 주실 수 있나요? 저도 일본어로, 말하려고 하거든요."

"알았어. 일본어로 얘기하도록 할게. 알아듣기 힘들면 말해줘."

"네."

그럼, 너무 오래 서서 얘기할 수도 없다.

빨리 이사를 끝내야만 한다.

"일단, 짐을 옮길까."

"네. 고맙습니다."

일단 커다란 짐…… 조립식 가구부터 안으로 옮겼다.

인터넷에서 구입한 듯한 침대와 책장, 공부 책상을 둘이서 조립했다.

그 후 릴리가 가지고 온 개인 물품이 든 골판지 상자를 안으로 옮겼는데 그 수는 의외로 적었다.

여자애는 좀 더 옷을 잔뜩 가지고 있는 이미지였는데…….

"이게 다야?"

"필요한 것만……『옷 같은 건 일본에서 사서 갖추는 편이 편할 것 같아서요. 최저한의 물건만 가지고 왔어요.』"

릴리는 일본어와 영어를 섞으면서 그렇게 설명했다.

"그렇구나. 그러면…… 어느 거부터 열래? 나는 안 거드는 편이 낫겠어?"

아무리 친한 사이라고 해도 개인 물건을 함부로 보는 것은 싫으리라.

양도 적으니 뒷일은 전부 릴리가 하는 편이 좋을지도 모른다고 생각했지만…….

"그럼, 그거부터, 열어주세요. 저는 이쪽, 열게요."

"알았어."

릴리의 말에 따라서 나는 골판지 상자를 열었다.

거기에는 깔끔하게 접힌 얇은 천 조각이 몇 개 들어 있었다.

손수건일까?

그렇게 생각하면서 나는 그것을 양손으로 펼쳤다.

그것은 베이비돌이었다.

어렴풋이 비치는 느낌이 드는 어른스러운 디자인의 란제리 였다.

이른바 『승부 속옷』이다.

나는 당황해서 골판지 상자를 닫았다.

"왜 그러세요?"

릴리는 작게 미소 지으면서 그렇게 말했다.

장난이 성공했다는 그런 표정이었다.

"아무것도 아니야."

릴리 녀석……

평소에 이런 야한 속옷을 입는 건가?

그렇지 않으면 서양인은 다들 이런 속옷을 입는 건가?

그보다 유학할 때 이런 속옷을 가지고 오지 말라고. 필요 없
잖아.

누구랑 무엇을 할 생각인 건데.

나는 그런 생각을 하면서 표정을 가다듬었다.

※

『소──타. 어떤가요, 어울리나요?』

『리, 릴리?!』

내 앞에 나타난 릴리는 베이비돌을 몸에 걸치고 있었다.

리본과 레이스로 장식된 얇은 원단은 어딘가 품위가 있으면
서 동시에 무척 선정적이었다.

푸른 원단 아래 살짝 흰 피부가 비쳐 보였다.

『이, 이봐. 리, 릴리…… . 뭐, 뭘 할 속셈이야?!』

나는 저도 모르게 뒤로 물러섰다.

릴리는 그런 나에게 다가와 어깨에 손을 얹었다.

그리고 내 귓가에 입술을 가져다 대며 속삭였다.

"신부 수업, 이에요."

※

"……꿈인가."

그리고 나는 마침내, 깨어났습니다.

비쳐 드는 아침 햇살과 내가 침대 위에 누워있다는 점을 통해, 아까 전까지 있었던 일이 꿈이라는 사실을 확인한 나는 저도 모르게 이마에 손을 얹었다.

"나 참, 무슨 꿈을 꾸는 거냐고……."

평소 같으면 이런 꿈을 꿀 리가 없는데…….

릴리가 집에 왔기 때문에 이래저래 괜히 의식하고 만 모양이다.

익숙해질 때까지 고생할 듯싶다.

나는 가볍게 기지개를 켜고 난 후 침대에서 일어났다.

그리고 양치질하고 세수한 다음 나서 주방으로 향했다.

"슬슬 뒤집어. 신중하게."

"네, 네. 으, 이, 이건……."

"괜찮아, 괜찮아. 아직 다시 말 수 있으니까. 마지막에 겉모양이 좋으면 돼."

"그, 그런가요."

"최악의 경우, 뱃속에 들어가면 다 똑같아."

"그렇군요!"

부엌에서는 어머니와 릴리가 나란히 서서 요리를 하고 있었다.

아무래도 릴리는 요리하는 법을 배우는 모양이었다.

우리 집에서는 집안일을 분담해서 한다.

릴리도 생활에 익숙해지고 나서 조금씩 맡게 되겠지.

오늘은 그 연습이라고 하면 되나.

『으……, 엉망진창이 되고 말았어요. 이건 제가…….』

"괜찮아. 소우타라면 불평 안 하고 먹을 테니까."

"하, 하지만……."

"좋은 아침."

내가 말을 걸자 릴리는 흠칫 몸을 떨었다.

한편, 어머니는 눈을 휘둥그레 떴다.

"어머…… 벌써 옷을 갈아입고 왔니?"

"네, 뭐…… 아침 식사는 다 됐어요?"

"어, 때마침 다 된 참이야. 그치?"

『어, 어어……. 뭐, 그렇죠…….』

릴리는 드물게 미안해 보이는 표정을 띠면서 나에게 계란말이라 추정되는 것을 내밀었다.

스크램블드에그와 계란말이의 혼혈인 것 같은 완성도였다.

형태는 빈말로도 좋지 않지만……

중요한 것은 맛이다.

어머니와 함께 만들었으니 이상한 맛이 나지는 않을 것이다.

"고마워."

나는 계란말이를 받아 들고서 내 자리로 가지고 갔다.

계란말이 말고 다른 음식은 전부 다 배치해 놓았다.

"""잘 먹겠습니다."""

셋이서 아침 식사를 시작했다.

처음에 된장국부터 마시는 것이 내 루틴이지만 아까 전부터 릴리의 시선이 뜨거웠다.

이쪽을 물끄러미 바라보고 있다.

오늘 아침에 꾼 꿈도 있고 릴리가 나를 바라보니 괜히 의식하고 마네……

먼저 계란말이부터 먹자.

나는 젓가락으로 계란말이 조각을 집어 입 안에 넣었다.

적낭한 짠맛과 단맛, 그리고 맛국물의 향이 코를 빠져나왔다.

"……어떤가요?"

"맛있어. 처음 치고는 잘한 거 아니야?"

간에 대해서는 어머니가 만든 것과 그리 다르지 않다.

……어머니와 같이 분량을 재면서 만들었으니 당연하겠지만.

『그, 그런가요. 후후, 당연해요.』

내 말을 듣고 안심했는지 릴리는 평소의 기세등등한 표정을 지었다.

그리고 마침내 자신의 식사에 손을 대기 시작했다.

능숙하게 젓가락으로 생선구이의 몸을 갈랐다.

어젯밤 저녁 식사 때도 그랬지만 젓가락을 무척 능숙하게 사용한다.

일본어와 동시에 연습한 것일까?

"하지만 릴리는 첫 요리치고 능숙하더라. 계량 스푼 사용법도 잘 지켰고."

"과자라면, 만든 적, 있어요."

그러고 보니 영국에 있었을 때 릴리가 과자를 만들어 온 적이 있었다.

휴일에 같이 외출했을 때도 손수 만든 것처럼 보이는 샌드위치를 싸 왔다.

과자나 간단한 가벼운 음식이라면 만들 수 있는 거겠지.

"흐음, 그렇구나! 그럼 다음에 만들어 줄 수 있니?"

"네, 맡겨주세요. 어머님."

어머님.

어젯밤부터 릴리는 어머니를 『어머님』이라고 부른다.

어머니가 농담으로 「호스트 마더이니 어머님이라고 불러도 돼」라는 말을 꺼내자 곧이곧대로 받아들인 것이다.

대신 릴리는 어머니에게 「아멜리아가 아니라, 릴리라고 불러주세요」라고 말했다.

내가 릴리를 릴리라고 부르게 되기까지 반년이나 걸렸는데…….

다소 복잡한 기분이었다.

"""잘 먹었습니다."""

식사를 마치면 식기를 씻는다.

아침 식사는 당번제지만 설거지는 늘 함께하는 게 규칙이다.

물에 씻는 담당과 물기를 닦는 담당으로 나눠서 평소에는 어머니와 작업을 분담한다.

"저도, 할게요."

"어머, 그럴래? 릴리는 앞으로 고생할 테니, 일본에 익숙해질 때까지는 안 해도 되는데……."

배울 것이 잔뜩 있을 테니까 집안일은 뒤로 미뤄도 된다.

어머니의 배려에 대해 릴리는 크게 고개를 좌우로 내저었다.

"신부 수업, 이에요."

어머니는 릴리의 말을 듣고 눈을 크게 떴다.

그리고 알겠다는 듯이 고개를 끄덕이고는 기쁘게 미소 지었다.

"그렇구나, 알았어! 그럼 릴리는 나랑 그릇을 씻자!"

아무래도 어머니는 릴리의 말에 담긴 의미를 이해했나 보다.

초능력자라도 되나?

"그럼 릴리. 이 앞치마를 차고서 거기에 서렴."

"네."

릴리는 곧바로 앞치마를 차고서 소매를 걷어붙이고 스펀지를 손에 들었지만…….

하지만 고개를 갸우뚱하고 말았다.

좀처럼 설거지를 시작하지 못했다.

"어머님. 묻고 싶은 게 있어요."

"왜 그러니?"

"설거지는, 어떻게 하는 건가요?"

요리는 한 적이 있는데 설거지를 해 본 적은 없는 건가……?

아, 그런가.

성가신 뒤처리는 사용인에게 시켰던 건가.

"그게, 그렇지. 우선은 가볍게 물로…….'"

어머니는 다소 곤혹스러워하면서도 릴리에게 설거지하는 법을 가르치기 시작했다.

릴리도 다소 어색한 손놀림이기는 했지만 제대로 그릇을 다 씻었다.

원래 재주가 좋으니 이 상태라면 금세 할 수 있게 될 것이다.

"소—타."

내가 마지막 식기의 물기를 다 닦고 나자 릴리가 말을 걸어 왔다.

"응?"

"신부 수업, 열심히 하겠습니다. 기대, 하세요."

"아아, 응……? 알았어."

어학은 안 배워도 되는 건가……?

※

아침 식사 뒷정리를 마치고 일하러 가는 어머니를 배웅하고 나서 우리는 집을 나섰다.

오늘은 봄방학이 끝나고 새해 첫 등교일이다.

말할 필요도 없지만 릴리는 나와 같은 학교에 다니게 된다.

"……그런데, 소—타."

"응?"

"이거, 어떤가요? 어울리나요?"

릴리는 눈을 위로 치켜뜨면서 나한테 그렇게 물었다.

문득 뇌리에 오늘 아침 꿈속에서 있었던 일을 떠올리고 말 았다.

애당초 이번에는 꿈과는 달리 릴리가 입고 있는 옷은 세일

러복이었다.

영국 학교 교복은 블레이저와 넥타이였으니 조금 신선했다.

"잘 어울려."

릴리처럼 일본인과 동떨어진 미소녀가 —애당초 일본인은 아니지만— 입으니 눈에 익었을 교복도 신기하게 멋들어져 보였다.

"그런가요. 이상하지 않으면 다행이지만요."

"안 이상해. 『예뻐』."

『예, 예쁘다니……!』

내 말을 듣고 릴리는 파란 눈동자를 크게 부릅떴다.

하얀 피부가 새빨갛게 물들었다.

『그렇게까지 말하라고는 안 했어요!』

릴리는 외치듯이 그렇게 말하더니 고개를 휙 돌렸다.

아무래도 화나게 하고 만 모양이었다.

칭찬 안 하면 토라지면서…….

※

우리는 그런 대화를 나누며 등교했다.

다행히도 우리는 같은 반이었다.

그리고 새 학년 처음에 하는 자기소개가 시작되고…….

릴리가 대대적으로 「쿠도 소우타와 동거하고 있다」라고 말해 버렸기 때문에 지독한 꼴을 당했다.

"이거, 맛있어요. 영국에서 먹은 것보다."

점심시간.

릴리는 카츠카레를 먹으면서 만족스러운 표정을 띠었다.

일본의 「카츠카레」는 영국에서도 인기이다.

릴리도 영국에서 먹고서⋯⋯라기보다는 나와 같이 먹으러 가서 마음에 든 모양이다.

일본에 왔더니 본고장의 카츠카레를 먹고 싶었나 보다.

"그런데, 소—타."

"응?"

"치킨과 포크, 교환할래요?"

릴리가 고른 것은 치킨카츠카레였다.

영국에서는 포크커틀릿보다도 치킨커틀릿이 주류였다.

그래서 릴리도 먹는 데 익숙한 치킨을 골랐다.

"좋아."

나는 내 카츠카레에 올라간 카츠(이쪽은 포크카츠)를 한 조각, 릴리의 접시 위에 올렸다.

릴리도 자신의 치킨카츠를 한 소샥 나에게 나눠주었다.

"포크는 어때, 릴리?"

"맛있어요. ⋯⋯하지만."

"하지만?"

"치킨 쪽이, 좋아요."

먹는 데 익숙한 치킨 카츠 쪽이 맛있게 느껴진 모양이다.

그렇다고 해도 그것은 카레에 올라간 카츠 얘기이다.

릴리는 양배추에 곁들여서 소스로 먹는 포크카츠의 맛을 모른다.

다음번에 먹여줘야지.

"잘 먹었습니다."

카츠카레를 깔끔하게 다 먹은 릴리는 다소 아쉬운 표정으로 그렇게 말했다.

먹는 와중에는 행복해 보였는데 부족한 것은 맛이 아니라 양이리라.

릴리는 이래 봬도 대식가였다.

일본의 보통 사이즈로는 부족하겠지.

"그런데 릴리. ……어째서, 오늘 아침에 그런 말을 했어?"

"그런 말?"

"동거 중이라고…… 말 안 해도 괜찮았잖아. 더군다나 상상에 맡기겠다니…… 연인이라고 말하는 거나 마찬가지잖아."

그 때문에 반 애들은 우리를 연인 사이라 인식하고 말았다.

릴리는 연인을 쫓아서 일본까지 찾아온 미소녀라고 인식을 받고 있었다.

"뭔가, 문제, 있나요?"

"아니, 없지만. ……릴리 넌 괜찮은가 싶어서. 이런저런 말을 들어서, 고생이잖아?"

나는 딱히 좋아하는 사람이 없으니 오해받아도 피해는 없지만…….

릴리는 나 같은 사람이 연인이라고 여겨져도 괜찮은 걸까?

평범한 여자아이라면 모를까 릴리는 귀족 영애이다.

혹시 추문이 돌지는 않을까?

"저는, 편리해요. 『나쁜 벌레가 다가오지 않으니까요』."

"그렇구나."

요컨대 남자를 떨쳐내려는 건가.

확실히 릴리는 영국에서도 곧잘 남자에게 구애를 받았다.

「연인이 있다」라고 해두면 낯선 사람이 고백하거나 기회가 있다고 생각해 접근해 오는 일은 줄어들 것이다.

"도둑고양이는, 조심해야만 해요."

……도둑고양이?

내 기억으로는, 도둑고양이란 건 「다른 사람의 남친을 옆에서 가로채는 여자(바람 상대)」를 가리키는 말이었을 텐데.

릴리가 소심해야만 하는 것은 도둑고양이가 아니라 어린 여자애를 노리는 『나쁜 늑대』가 아닐까?

태클을 걸려고 했지만 릴리의 의기양양한 표정을 보고서 그만두었다.

나도 갓 익힌 말…… 영국 관용구 같은 것을 쓰고 싶어서 안달하던 시기는 있었다.

지금의 릴리는 그런 시기인 것이겠지.

가만히 내버려 두자.

※

오후 수업 시간은 학급 위원을 정하거나 어색한 분위기를 깨기 위해 소비하고 방과 후가 되었다.

이제부터는 동아리 활동 시간이다.

"그럼, 소─타. 테니스 클럽, 가요."

릴리는 준비 만반이라고 주장하는 양 테니스 라켓을 들면서 말했다.

나는 동아리 활동에서는 테니스 클럽에 속해 있었다.

어젯밤에 그 얘기를 했더니 릴리는 「그렇다면 저도 그 테니스 클럽에 들어가겠어요」라고 말을 꺼냈다.

테니스 라켓은 일본에 올 때 영국에서 가지고 온 모양이다.

"어어, 응……. 그러네. 탈의실은 어쩔까."

당연히 나는 여자 탈의실에 들어갈 수는 없다.

딱히 복잡한 규칙이 있지는 않지만 아무런 설명도 없이 보내기는 조금 불안했다.

누군가 여자에게 부탁하자.

그렇게 생각했을 때였다.

"야호, 소우타. 뭐야? 거기 여친도 테니스 클럽에 가?"

같은 반 애가 내 어깨에 팔을 둘렀다.

쾌활하게 웃는 얼굴이 멋진 흑발 세미롱을 한 미소녀였다.

다소 치마가 짧고 교복을 멋 내서 흐트러지게 입었다.

"떨어져, 미사토. 그리고 여친이 아니야."

소녀의 이름은 카사이 미사토.

팔이 안으로 굽기는 하지만 이 학교에서 제일가는 미소녀이다.

릴리가 유학하러 오기 전까지는, 그런 설명이 붙지만…….

"어어, 소우타의 여친이 홈스테이 하러 왔다고 들었는데. 그 애 아니야? 자기소개에서도 말했잖아."

"그건 착각이야."

나는 그렇게 말하면서 릴리의 안색을 확인했다.

내 연인 취급을 받아서 화낼 줄 알았는데 그런 기색은 없었다.

굳이 따지자면 「멍」한 표정을 짓고 있었다.

혹시나 『그녀』를 『lover』나 『girl freiend』라 변환할 수 없었을 시노 모른다.

『그녀』는 직역하면 『she』가 된다.

"릴리. 이 애는 카사이 미사토라고 해. 내…… 친구야."

수업에서 이미 자기소개는 했지만 다시 소개했다.

미사토는 내 어깨에서 팔을 풀고 릴리에게 다가갔다.

"친구라니 서먹서먹하네에. 난 카사이 미사토야. 미사토라고 불러도 돼. 저기…… 릴리라고 부르면 돼?"

미사토는 친밀하게 릴리에게 말을 걸었다.

한편으로 릴리는 그런 미사토의 태도가 신경에 거슬렸나 보다. 살짝 눈썹을 찌푸렸다.

"아멜리아 릴리 스태퍼드입니다. 아멜리아라고, 불러주세요. 아멜리아, 예요."

"흐음. 그래. 그렇구나. ……잘 부탁해, 아멜리아!"

미사토는 히죽히죽 즐거운 웃음을 띠면서 그렇게 말했다.

그런 다음 나를 팔꿈치로 찔렀다.

"뭐야? 미들 네임으로 불러? 꽤 친하잖아. ……정말로 여자 친구 아니야?"

"친한 건 부정하지 않겠지만……."

『빨리 안 가실래요?』

나와 미사토가 이야기를 나누자 릴리는 다소 언짢게 들리는 목소리로 그렇게 말했다.

……그러고 보니 미사토는 여자 테니스부 소속이던가.

"미사토, 릴리를 탈의실에 안내해 줄래? 이제부터 동아리 활동을 하잖아?"

"좋아! 그럼 아멜리아. 가자."

"……알겠습니다."

릴리는 섭섭한 표정으로 나를 보고 난 다음, 어깨를 늘어뜨리면서 미사토의 뒤를 따라갔다.

나와 떨어져서 불안할지도 모르지만…….

나에게 너무 의존하는 것도 좋지 않다.

게다가 미사토는 나만큼은 아니지만 그 나름대로 영어를 할 수 있다.

아마 문제는 없으리라.

릴리를 배웅한 나는 남자 탈의실로 향했다.

※

나— 카사이 미사토는 소문 자자한 미소녀 유학생 아멜리아를 여자 탈의실까지 안내했다.

『여기가 탈의실이야. 체육 때라든가, 옷 갈아입을 필요가 있으면 써. 학생 번호와 로커 번호는 일치하니까 틀리지 않도록 해. 열쇠는 없으니까, 도둑맞기 싫으면 스스로 자물쇠를 사 와.』

아멜리아에게 영어로 설명하자 그녀는 작게 고개를 끄덕였다.

그리고 주위를 둘러보고서 자신의 학생 번호와 같은 번호의

로커를 열었다.

아무래도 내 영어는 제대로 통했나 보다.

『빨리 갈아입자.』

"네, 그러네요."

내 말을 듣고 아멜리아는 능숙한 일본어로 대답했다.

조금 혀가 짧은 점이 귀여웠다.

나는 이성애자인데 살짝 오싹해지고 말았다.

그렇구나, 남자라면 술렁일 만하다.

"우왓, 다리가 가늘어…….『몸매가 좋네』!"

가슴이나 엉덩이는 크고 허리는 부러질 것처럼 가늘었다.

무엇보다, 다리가 무척 가늘고 길었다.

일본인과 동떨어진 좋은 몸매였다.

『……너무 뚫어지게 보지 마세요.』

내 말을 듣고 아멜리아는 부끄러운 듯이 양손으로 몸을 가렸다.

새하얀 피부가 살짝 붉게 물들었다.

……귀여워.

『있잖아, 뭐 좀 물어봐도 돼? 아멜리아.』

"일본어로 해도, 괜찮아요."

"그래. 못 알아듣겠으면 말해! 아멜리아는 일본에 왜 왔어?"

역시, 소우타를 따라온 거야?

놀릴 생각으로 그렇게 물었더니 아멜리아는 망설임 없이 답했다.

"신부 수업이에요."

상상을 초월하는 대답이었다.

아멜리아는 어째서인지 놀라는 나에게 우쭐한 표정을 띠었다.

"그러는 당신은, 소—타와, 어떤 사이, 인가요?"

릴리는 위에서 내려다보는 시선으로, 내 쪽이 키는 크지만 나에게 물었다.

하지만 잘 살펴보니 불안하게 눈을 굴리고 있었다.

이번에야말로 놀려줘야지.

"그럭저럭 친한 사이려나. 친구 이상이기는 해."

"흐, 흐응."

"구체적으로는 같이 목욕한 적이 있으려나?"

내가 그렇게 말하자 아멜리아는 커다란 눈을 부릅떴다.

『어? 네에……?! 지금, 뭐라고요?!』

『같이 목욕한 적이 있어.』

내 말을 듣고 아멜리아는 얼굴을 새빨갛게 물들였다.

너무 깜짝 놀라서, 아멜리아의 입에서는 영어가 튀어나오고 말았다.

……귀여워.

『농담이야. 아홉 살 때까지의 얘기야. 지금은…… 친구야. 지금은, 그렇지.』

그렇다, 나와 소우타가 『특별히 친했던』 것은 그 시절까지.

지금은 그저 친구이다.

그렇다고 해도 이 애보다는 내가 훨씬 소우타에 대해서 잘 안다는 자신은 있다.

어쨌거나 나는 아기일 적부터 알고 지낸 사이이다.

그런 내 여유가 전해졌던 것일까?

『지금은 제가 같이 살고 있어요.』

아멜리아는 나를 노려보면서 대항해 왔다.

이건 선전포고일까?

"훗……. 그, 그래. 『힘내』."

나도 모르게 입에서 웃음이 흘러나오고 말았다.

아멜리아에게서 피어오르는 살기가 강해지는 감각을 느꼈다.

참 재미있네.

소우타도 최근에는 놀리는 보람이 없었는데.

좋아, 오늘부터는 이 애를 가지고 놀아야지.

※

테니스 코트에서 기다리다 보니 릴리와 미사토 둘이 찾아왔다.

"그럼 난 저쪽이니까. 나중에 또 보자."

미사토는 그렇게 말하더니 여자 테니스부가 쓰는 테니스 코트까지 가 버렸다.

릴리는 미사토를 배웅하고 나서 나에게 물었다.

"저 사람은, 테니스 클럽 아닌가요?"

"미사토는 여자 테니스부야."

"……차이는요?"

우리 학교에는 여자 테니스부, 남자 테니스부, 테니스 클럽 세 개가 있다.

부는 『진지파』고 클럽은 『엔조이파』다.

우리 학교는 중학교와 고등학교가 에스컬레이터식인 거대 학교라, 설비도 갖춰져 있으므로 이런 구분을 할 수 있었다.

참고로 여러 곳을 동시에 들 수 있고 남자(여자) 테니스부원이 테니스 클럽에 놀러 오는 일도 있었다.

"흠, 그렇군요."

"릴리도 대회에 흥미가 있다면, 여자 테니스부에 들어가면 돼. 꽤 강하고. 특히 미사토는 에이스니까 만만치 않다고 봐."

"생각해 보겠어요."

릴리는 흥미 없는 듯이 그렇게 대답했다.

영국에서도 대회 같은 곳에 나가지 않았으니, 릴리에게 테니스는 취미 중 하나일 뿐인가 보다.

"그런데 그 유니폼은…… 릴리 네 거야?"

릴리는 유니폼을 껴입었다.

테니스부에서는 유니폼 대여 같은 것을 안 하고 애당초 여자 테니스부의 유니폼과는 디자인이 달랐다.

"네, 잘 어울리나요?"

릴리는 유니폼의 치마를 손가락으로 집으면서 나한테 그렇게 물었다.

유니폼은 릴리의 좋은 몸매— 커다란 가슴이나 가는 허리를 뚜렷하게 강조하고 있었다.

무엇보다 짧은 치마에서 뻗어 나온 매끈한 흰 다리가 무척 아름다웠다.

이렇게 보니, 정말로 기네…….

"예뻐. 그리고 멋져."

내가 그렇게 칭찬하자 릴리는 작게 콧소리를 냈다.

『흥, 뭐, 별로 당신을 위해서 입은 건 아니지만요.』

릴리가 내 눈 보신을 위해서 입은 게 아니라는 사실은 아니까, 일부러 말하지 않아도 상관없는데…….

"어쨌거나 클럽 사람들을 소개할게. 이쪽으로 와."

"네."

나는 릴리를 테니스 클럽 활동 장소로 안내했다.

그리고 클럽 멤버들에게 가볍게 소개했다.

클럽은 부와 다르게 느슨해서 미팅 같은 것도 없다.

우리는 준비 운동을 마치고 곧바로 공을 서로 받아 치기 시작했다.

나는 강한 편이라고 자부하지만 릴리는 그런 나와 호각 이상으로 맞받아칠 수 있다.

"여전히, 강하구나."

"소—타도…… 실력이 녹슬지 않아서, 다행이에요."

"흐음. 아멜리아는 강하네."

나와 릴리가 쉬고 있자 그런 목소리가 들렸다.

목소리가 나는 방향을 돌아보자 유니폼을 껴입은 미소녀가 서 있었다.

미사토였다.

그 애는 여자 테니스부원이지만 클럽 멤버도 겸임하고 있었다.

어느샌가 우리의 시합을 구경하고 있었던 모양이다.

"나랑 같이 안 할래, 아멜리아?"

미사토는 기쁜 표정으로 그렇게 말했다.

이래 봬도 미사토는 상당히 강하다. 대회에서도 활약하는 여자 테니스부의 에이스였다.

미사토와 호각으로 칠 수 있는 사람은 남자를 포함해도 수가 적다.

같은 여자 중에 자신과 호각으로 겨룰 수 있을 법한 상대가 늘어나서 기쁜 것이리라.

"······저, 지금, 소—타와 치고 있어요."

한편 릴리는 냉담한 대응이었다.

아까 전까지 기분이 좋아 보였는데 어느새 언짢아졌다.

"흐응, 그런가. 그러네."

미사토는 릴리의 반응에 이해한 표정을 했다.

그리고 짓궂은 웃음을 띠었다.

『소우타 앞에서 지면, 창피를 당하는걸.』

아니, 내 앞에서 졌다고 해도 문제는 없잖아.

그렇게 생각했지만 릴리는 신경에 거슬렸나 보다.

눈꼬리를 치켜올리고 나서 전에 없이 호전적인 웃음을 띠었다.

『설마요. 하지만 괜찮겠어요?』

『뭐가?』

『에이스잖아요? 갑자기 튀어나온 유학생에게 지면 큰 망신인데요?』

릴리가 영어로 도발했다.

릴리는 지기를 싫어한다.

도발을 받고 가만히 있을 수 있는 타입은 아니다.

그리고 미사토도—.

"아하하! ……그거 좋네. 하자. 바라는 대로, 울게 해줄게."

웃는 얼굴이지만 눈이 웃지 않았다.

이것은 진심이다.

이렇게 보니, 역시 화난 얼굴은 어머니를 닮았네…….

"……탈의실에서 싸우기라도 했어?"

나는 미사토에게 물었다.

그러자 미사토는 즐겁게 웃었다.

"싸우고서 우정을 다지는 건 왕도잖아?"

"어어, 그래……."

뭐, 아무럼 어때.

싸운다 해도 나 말고 다른 교류가 생긴다면 그쪽이 낫다.

되도록 친하게 지내주면 좋겠지만…….

※

테니스부의 에이스와 유학생이 시합한다.

그런 얘기를 듣고서 많은 구경꾼이 모여들었다.

순수하게 릴리의 실력을 보고 싶은 녀석이 4할.

릴리와 미사토의 유니폼 차림에 낚인 멍청이가 6할쯤 될까.

『선공은 양보할게요.』

"어머, 괜찮겠어? 내가 첫 득점을 가져가도."

미사토는 히죽히죽 웃으면서 그렇게 말했다.

그런 미사토를 향해 릴리는 상쾌한 표정으로 대답했다.

『네, 저는 귀족이거든요.』

테니스에서 『서브』의 어원은 『서번트』이다.

종자가 주인에게 공을 치고 주인이 그것을 되받아친다.

그런 귀족의 놀이가 테니스의 기원이다.

릴리는 귀족이라는 사실을 과시하는 타입은 아니지만……

여기에서의 「나는 귀족이거든요」는 「나는 강하니까, 서브는 피라미에게 양보해 주겠다」 정도의 뉘앙스이리라.

그런 릴리의 도발은 미사토에게 잘 전해진 모양이다.

"그래! 미안하지만, 서비스는 없어!"

미사토는 그렇게 말하고서 공을 위로 던지고는 기세 좋게 때려 박았다.

역시나 테니스부의 에이스다웠다.

누구나 코트 안 바닥에 떨어지리라 생각했으리라.

『하앗!』

하지만 릴리는 그것을 받아쳤다.

서브 때보다도 더 빠른 기세로 공을 되받아쳤다.

미사토가 그 공을 받아치지 못해서 릴리가 득점에 성공했다.

"크윽……"

미사토는 분한 표정을 지었다.

릴리는 그런 미사토에게 득의양양한 표정을 띠었다.

『이게 일본 에이스의 실력인가요? 풰…… 푸흡, 약하네요.』

"……짓뭉개줄게."

미사토의 얼굴에서 여유가 사라졌다.

릴리는 그런 미사토에게 미소 지으면서 서브를 넣었다.

미사토는 그것을 받아쳤다.

릴리도 받아쳤다.

서서히 릴리의 얼굴에서도 여유의 기색이 사라졌다.

『칫.』

릴리는 분하다는 듯이 혀를 찼다.

점수를 따낸 미사토는 그런 릴리에게 웃으면서 말했다.

"영국인과는 다르게, 일본인은 귀족에게 서비스 같은 건 안 해."

너 자기가 강하다고 생각하나 본데, 그거 배려 받은 거겠지?

일본에서는 통하지 않아.

그런 뉘앙스는 똑똑히 릴리에게 전해진 모양이었다.

『……죽인다.』

릴리의 얼굴이 진지해졌다.

"가아아아아!"

"하아아아아아!!"

시합은 점점 과열되어 두 사람의 입에서 여자애라고는 여겨
지지 않을 만한 기합이 흘러나왔다.

나라를 짊어진 싸움(?)은 얽히고설켜서 길게 이어졌다.

그리고 최종적으로 5세트째에서…….

『이겼다!!』

"져, 졌어……."

릴리가 이겼다.

승리 포즈를 취한 릴리는 부리나케 내 쪽으로 달려왔다.

『소―타!! 이겼어요!! 당신에게 승리를 바칠게요!!』

릴리는 땀투성이에 숨을 헐떡이면서 나한테 그렇게 말했다.

그런 걸 바쳐도 곤란하다.

『어, 아아, 응. 축하해……. 역시나, 릴리야. 이길 거라고 믿었어』

일단 릴리를 칭찬했다.

그러자 릴리는 기쁜 미소를 띠었다.

나는 그 모습이 공을 물고 온 강아지 같다고 생각했다.

『상을, 주세요.』

『……상?』

갑자기 상을 달라고 말해도…….

대체 무엇을 하면 좋다는 것일까?

그런 생각을 하고 있는데 릴리는 내게 머리를 들이밀었다.

『쓰다듬어 주세요.』

『하, 하아……. 뭐, 상관없지만.』

나는 릴리의 말대로 릴리의 머리를 쓰다듬었다.

아름다운 은발은 땀에 젖어도 여전히 매끄러워서 촉감이 좋았다.

『흐흥.』

릴리는 내 쓰다듬는 손길을 받으면서 어째서인지 미사토 쪽을 향했다.

우쭐해하는 얼굴이었다.

한편 미사토는 쓰게 웃으면서 이쪽에 다가왔다.

"설마 질 줄은 몰랐어. 아멜리아는 정말로 대단하네."

『마음의 힘이에요. 당신에게는 지지 않아요.』

"쿡, 그, 그래……."

릴리의 잘 알 수 없는 대답을 듣고 미사토는 웃음을 터뜨렸다.

두 사람만이 아는 개그인가……?

"또 하자. 다음엔 지지 않을 거야."

미사토는 그렇게 말하고서 릴리에게 손을 내밀었다.

릴리는 살짝 놀란 표정을 짓고 나서 미사토의 손을 잡았다.

『네, 물론이에요.』

정말로 싸우고서 우정을 다졌구나…….

응, 뭐, 좋은 일인가.

클럽 활동을 마치고 하교하려던 찰나에 미사토에게 메시지가 왔다.

메시지 내용에는 「이 난봉꾼 같으니」라고 적혀 있었다.

무슨 뜻인지 모르겠네.

※

"오늘은 엄마가 늦게 놀아오는 날이니까, 저녁 식사는 내가 만들 건데…… 뭘 먹고 싶어?"

하교 중.

나는 릴리에게 물었다.

"소—타, 만들 수 있나요?"

"뭐, 그럭저럭."

그렇게 말해도 남자의 일품요리 같은 것밖에 못 만든다.

요리를 잘한다고는 할 수 없다.

과연 귀족 영애가 만족할지 아닐지.

"기대, 할게요."

"적당히 부탁해."

그리고 다시금 내가 릴리에게 무엇을 먹고 싶은지 묻자. 그 애는 「일본 가정 요리 중에서 당신이 잘하는 것」이라고 대답했다.

야키소바라도 만들까.

일본 전통식은 아니지만 일본 가정 요리이다.

집에 있는 재료로 만들 수 있고 간도 밀키트에 포함된 가루와 소금 후추를 치면 끝난다.

※

저녁 7시경.

어머니로부터 「오늘은 회사에서 묵을게」라는 블랙 기업스러운 연락을 받고 나서 나는 저녁 식사를 만들기 시작했다.

어머니만큼 솜씨가 좋지는 않지만 간단한 요리이기도 해서 30분 정도로 완성됐다.

"이거, 맛있어요. 좋아하는 맛이에요."

다행히도 릴리는 야키소바의 맛이 마음에 든 모양이다.

그러고 보니 영국에서도 패스트푸드 같은 것을 즐겨 먹었던가.

정키한 음식이 취향인 모양이다.

"소─타, 의외로, 잘하네요."

『의외』는 쓸데없는 사족이다.

그렇다 해도 간은 밀키트에 포함된 가루만으로 해서, 굉장한 것은 내가 아니라 메이커의 기업 노력이지만……

식후, 설거지를 마치고 나서 나는 릴리에게 물었다.

"샤워, 누가 먼저 할까?"

내 물음에 릴리는 잠시 생각에 잠긴 기색을 보였다.

정신을 차리자 그녀는 뺨을 살짝 붉게 물들였다.

그리고 부끄러운 듯이 꼼지락거리면서 대답했다.

『저기, 그게, 그럼, 함께…….』

『……함께?』

잘못 들었나?

내가 되묻자 릴리는 당황한 기색을 보이며 고개를 좌우로 내저었다.

『아무것도 아니에요. ……저는 나중에 해도 상관없어요.』

그렇다고 하니 내가 먼저 샤워를 하기로 했다.

릴리가 기다리기도 하니까 재빠르게 몸을 씻고 나왔다.

목욕 수건으로 몸을 닦고 난 후 탈의실에서 나가려다가…….

"……아, 위험해."

그렇다. 오늘은 집에 릴리가 있었지.

알몸으로 주위를 어슬렁거릴 수는 없다.

나는 옷을 제대로 갈아입고 탈의실에서 나갔다.

"오래 기다렸어."

"네."

릴리는 나와 엇갈려서 탈의실에 들어갔다.

문을 닫았다.

잠시 시간이 지나고 옷이 스치는 소리가 들려…… 오는 것 같은 기분이 들었다.

기분 탓이다.

하지만 이 안에 릴리의 아무것도 걸치지 않은 모습이 있다고 생각하니…….

……그만두자.

동거인을 대상으로 그런 생각을 하는 건 좋지 않다.

나는 릴리를 의식하지 않으려고 소파에 앉아서 텔레비전을 켰다.

시간으로 따져서 10분 정도일까.

등 뒤에서 탈의실 문이 열리는 소리가 났다.

"끝냈어요."

"그래, 수고했어…….."

뒤를 돌아 릴리의 모습을 본 순간―

나는 내 심장이 멈추는 것은 아닐까 하고 착각했다.

"뭘, 보고 있나요?"

릴리는 검은 원피스 같은 파자마를 입고 있었다.

이른바 네글리제라는 것이다.

검고 팔랑이는 원단에 아름다운 레이스가 몇 겹이나 포개진, 귀여우면서도 요염한 디자인의 잠옷이다.

일본인이라면 절대로 입어서 소화할 수 없는 디자인이지만 은발벽안의 미소녀인 릴리에게는 잘 어울렸다.

마치 동화 세계에서 빠져나온 공주님 같았다.

어젯밤에는 이런 옷을 입지 않았는데…….

"아, 아니, 별로……."

나는 황급히 눈길을 피했다.

귀여워서 넋을 잃었다는 말은 할 수 없다.

"……? 뭘 보고 있나요?"

"이, 이봐."

릴리는 어지간히 신경 쓰이는지 나에게 캐물어 왔다.

릴리가 나에게 다가옴으로써 깨닫고 만 점이 있었다.

품위 있고 귀여운 디자인과는 정반대로 이 네글리제의 천은 얄팍하다.

적당히 비치는 느낌이 든다.

그 때문인지 막 샤워하고 나와서 은은히 붉게 상기된 릴리의 피부가 살짝 비쳐 보였다.

레이스로 장식된 목 언저리는 브이넥으로 되어 있어서 예쁜 데콜테 라인이 힐끔 엿보였다.

즉, 살짝 야하다.

『말이 안 통하나요? 뭘 보고 있나요?』

영어로 다시, 나를 추궁했다.

자백할 수밖에 없나…….

『그게, 귀엽다고 생각해서.』

『……네?』

『릴리가…… 그게, 그 옷. 잘 어울려. 무척 귀엽고 예뻐. 마치 공주님 같아.』

나는 눈길을 피하면서 그렇게 말했다.

하지만 자백했음에도 불구하고 릴리는 아무런 대답도 하지 않았다.

이것은 정말로 화나게 하고 만 것일까?

나는 머뭇머뭇 릴리 쪽으로 시선을 보냈다.

『저기, 릴리?』

릴리는 굳어 있었다.

그 얼굴은 아까 전보다도 훨씬 붉었다.

귀까지 토마토처럼 새빨갛게 물들었다.

『……놀리는 건가요?』

『뭐?』

『무슨 방송을 보고 있는지, 물었어요! 아무도 저를 칭찬하라고 말 안 했어요!!』

릴리는 텔레비전을 손가락으로 가리키면서 외쳤다.

아, 아아……. 그, 그랬구나!

난 또, 뚫어져라 쳐다봐서 화내는 줄 알았다.

『미, 미안해! 차, 착각했어. 난 또, 쳐다봐서 화내는 줄 알고……. 그게, 놀린 게 아니야. ……진심이야.』

『그, 그런가요. ……그렇다면 됐어요.』

내 말을 듣고서 릴리는 쑥스러운 듯이 머리카락을 만지작거렸다.

화나지는…… 않았나 보다.

『……그래서 뭘 보고 있나요?』

『어, 아아……. 일본 텔레비전 방송이야.』

『흐음. ……언제 끝나나요?』

『어? 아아, 앞으로 30분쯤 뒤일까? 뭔가, 보고 싶은 방송이라도 있어?』

내 물음에 릴리는 고개를 좌우로 내저었다.

『아뇨, 딱히. ……방송이 끝나면, 용건이 좀 있는데 괜찮을까요?』

『아니, 지금이라도 괜찮아.』

나는 텔레비전을 껐다.

릴리는 의아한 표정을 띠었다.

『안 봐도 되나요?』

『시간 때우기로 봤을 뿐이니까.』

『……그런가요.』

내 말을 듣고 릴리는 살짝 입꼬리를 올렸다.

기뻐 보였다.

"그래서 용건이 뭔데?"

나는 일본어로 릴리에게 그렇게 물었다.

그러자 릴리는 또 일본어로 대답했다.

"공부, 도와주세요."

※

아무래도 유학생에게는 봄방학에 숙제를 내줬던 모양이다.

일본어로 작문을 쓰라는 숙제였다.

그 작문을 첨삭해 달라는 것이 릴리의 부탁이었다.

"여기와 여기는 끊는 편이 나으려나. 그리고 구두점은 이쪽에 찍는 편이 좋아. 여기 찍으면 뜻이 바뀌어 버리거든."

"흠, 그렇군요."

릴리는 일상 회화에서 문제 없이 말할 수 있었지만 쓰기는 빈말로도 잘한다고 할 수 없었다.

이야기를 듣자 하니 아무래도 스피킹과 리스닝에 주력해서 라이팅과 리딩은 뒤로 미뤘던 모양이다.

그 때문에 한자는 전혀 쓰지 못하니까 문장은 거의 히라가나.

조사의 『은』과 『는』, 『을』과 『를』을 잘못 쓰는 곳도 있었다.

그에 더해서 그 『은』은 『운』, 『아』나 『야』를 혼동하는 부분도 있었다.

그리고 스피킹을 할 수 있기 때문인지 구어 감각으로 글을 쓰는 구석이 있었다.

독해는 상당히 힘들다.

하지만 그 이상으로 힘든 점이 있다.

"흠, 그렇구나."

거리가 가깝다.

내 설명을 열심히 들어주는 것은 좋은 일이지만 정신을 차리니 어깨와 어깨가 닿을 만큼 가까이 있었다.

릴리가 고개를 앞으로 숙이면 느슨한 옷과 피부 사이에서 계곡이 힐끔힐끔 엿보인다.

릴리의 머리가 움직일 때마다 은발에서 달콤한 향기가 물씬 감돈다.

아까 전부터 두근거리기만 했다.

생각해 보면 영국에 있었을 때도 거리가 가까웠다.

우리가 처음 만났을 적에는 오히려 거리가 멀었는데…….

언제부터 이렇게 거리가 줄어들게 되었던 것일까?

"고맙, 습니다. 도움이 됐어요."

"그, 그래. 그렇다면 다행이다."

마침내 떨어져 주겠지.

그렇게 생각했지만 릴리는 나에게서 떨어지지 않았다.

"소─타, 부탁이 있어요."

"뭐, 뭘까요?"

"내일, 데이트, 할래요?"

내일 데이트?

분명 내일은 휴일이지만…….

"어디 가고 싶은 곳이라도 있어? 일본 관광?"

내가 그렇게 묻자 릴리는 고개를 좌우로 내저었다.

"쇼핑, 이에요. 옷을, 사고 싶어요."

아아, 그렇구나.

그러고 보니 옷 같은 것은 일본에서 사서 갖출 생각이었으
니까 별로 가지고 오지 않았다고 말했었다.

슬슬 사지 않으면 불편하겠지.

"알았어. 좋아."

"고맙, 습니다."

릴리는 기쁜 듯이 흐드러지게 웃는 표정을 지었다.

……가까운 거리에서는 파괴력이 높구나.

제2장 옷을 사러 온 귀족 영애,
터무니없는 물건을 구입하다

"소—타, 부탁이 있어요."

검은 네글리제를 몸에 걸친 릴리는 내 몸 위에 올라타면서 그렇게 말했다.

내 몸은 돌처럼 딱딱해서 전혀 움직일 수 없었다.

"부, 부탁이라니 뭘……."

내가 묻자 릴리는 자신의 가슴께를 손가락으로 가리켰다.

리본을 풀자 가슴께가 크게 벌어졌다.

어깨에서 내리듯이 네글리제를 벗어갔다.

"자, 잠깐! 릴리, 뭘 하려고……."

속옷만 남은 모습이 된 릴리는 천천히 나에게 얼굴을 가져다 댔다.

그리고 귓가에서 속삭였다.

"일어나세요."

배 위에서 느껴지는 무거운 감촉.

누군가가 내 몸을 흔드는 감각.

"소—타, 소—타. 일어나세요."

그리고 천사가 방울을 울리는 것 같은 귀여운 목소리를 들은 나는 눈을 떴다.

멍하니 흐릿한 시야 앞에는 은발의 천사가 있었다.

"안녕, 하세요."

"응……, 안녕. ……아니, 릴리……. 꾸, 꿈이 아니야?!"

단숨에 눈이 떠졌다.

릴리는 내 배 위에 올라타 있었다.

아니, 자세히 보니 제대로 네글리제를 입고 있었다. 알몸은
아니었다.

반쯤은 꿈이었던 모양이다.

"왜, 왜 그래?!"

"늦잠, 이에요. 깨우러 왔어요."

늦잠.

……늦잠?!

깜짝 놀라서 시계를 보니 아침 8시였다.

분명 슬슬 학교에 가야만 하는 시간이다.

……아니, 오늘은 토요일이니 휴일이다.

학교는 쉴 텐데.

"……이르지 않아?"

휴일쯤은 푹 자게 해줬으면 좋겠다.

그렇게 생각하면서 릴리에게 묻자 릴리는 불만스러우면서
도 슬퍼 보이는 표정을 띠었다.

"……잊어버렸나요?"

"잊어? ……저기, 뭘?"

"데이트, 예요. 어젯밤, 약속했어요."

릴리는 언짢은 듯이 내 위에서 몸을 위아래로 흔들었다.

하반신에 좋지 않은 자극이 전해져 왔다.

잠깐, 그 움직임은 제발 그만뒀으면 좋겠다.

"설마. 낮에 가려고 했어."

"……그런가요?"

릴리는 뾰로통한 표정을 지었다.

이건 짜증 낼 때 보이는 표정이다.

믿어주지 않는 건가?

분명 낮에 가자고 약속하지는 않았지만 딱히 아침에 가자는 약속도 하지 않았을 텐데.

릴리의 머릿속에서는 아침부터 가기로 정해져 있었던 것일까?

내가 그렇게 생각하고 있었는데…….

꼬르륵…….

작은 소리가 들려왔다.

배가 울리는 소리였다.

"아침밥, 먹고 싶어?"

"……그렇지, 않아요."

릴리는 고개를 돌리면서 그렇게 대답했다.

그 뺨은 희미하게 붉은빛으로 물들었다.

그날 아침 식사는 양식을 차렸다.

잉글리시 브렉퍼스트를 재현한 것 같은 구성이었다.

일본으로 돌아오고 난 후 그리워져서, 내 나름대로 재현을 거듭해 온…… 자신 있는 메뉴이다.

"상당히, 맛있어요."

릴리는 기분 좋은 표정으로 내가 만든 아침을 먹었다.

다행히도 영국 귀족에게 통하는 맛으로 완성된 모양이다.

　　　　　　　　　　　※

아침 식사를 다 먹었을 무렵, 어머니가 집에 돌아왔다.

느릿느릿 아침 식사를 하는 어머니에게 「릴리와 옷을 사러 가겠다」라고 말하자 「모처럼이니 점심도 맛있는 것을 먹고 오렴」이라고 하며 용돈을 주었다.

그리고 아침 식사 후에 「나는 잘게」라고 말하며 침실로 향하는 어머니를 배웅하고 우리는 쇼핑하러 가기로 했다.

"그럼, 가요."

하얗고 청초한 원피스를 입은 릴리는 나에게 그렇게 말했다.

릴리가 영국에서 가지고 온 몇 없는 사복이다.

아마 아끼는 옷이리라.

"그래. ……그런데, 그거 춥지 않겠어?"

아직 4월 초순.

해가 나면 따뜻하지만 공기는 조금 쌀쌀하다.

계절과 동떨어지지는 않았으나 좀 더 따스한 차림새를 하는 편이 좋지 않나? 그런 생각이 들지 않는 것도 아니다.

"그런가요? 일본은, 영국과 비교하면, 따뜻해서요. 이만하면 괜찮나 했어요."

확실히 일본과 영국을 비교하면 영국 쪽이 춥다.

나는 아직 쌀쌀하게 느끼지만 릴리에게는 「이제 따뜻하니, 한창 봄」처럼 여겨지는 기온이겠지.

"그렇지 않으면…… 이상, 한가요?"

"설마. 잘 어울려. 무척 예뻐. 『예쁘다고』."

생김새도 몸매도 완벽한 미소녀인 릴리에게는 이런 심플한 디자인의 옷이 어울린다.

릴리만이 소화할 수 있다고도 할 수 있겠지만 내가 칭찬하자 릴리의 뺨이 빨갛게 물들었다.

흰 원피스를 입어서 그런지 평소보다도 피부가 붉어 보였다.

『이상하지 않다면 됐어요.』

릴리는 작게 콧소리를 냈다.

"좋은 쇼핑을 했어요."

옷을 다 산 릴리는 기분 좋은 표정으로 그렇게 말했다.

나는 솔직히 지쳤다.

이것저것 입어볼 때마다 릴리가 나에게 감상을 요구해 왔기 때문이다.

같은 감상을 입에 담자 「그건 아까 전에도, 들었어요」라는 대답이 돌아와서 옷이 바뀔 때마다 충분히 생각해야만 했다.

한 벌이나 두 벌이라면 별로 상관없으나 열 벌을 넘으니 피곤하다.

"다음, 갈까요."

"다음엔 뭘 하려고?"

아직 뭔가를 사는 건가?

나는 그렇게 말하고 싶었지만 꾹 참고서 릴리에게 물었다.

"그게……."

릴리는 적절한 일본어가 떠오르지 않는지 잠시 생각에 잠긴 후 주위를 둘러보았다.

그리고 목적한 가게를 찾은 듯 어느 점포를 손가락으로 가리켰다.

"저거예요."

"어, 아아……. 응, 그렇구나."

릴리가 손가락으로 가리킨 곳은 여성용 란제리숍이었다.

요컨대 속옷이다.

그렇구나, 확실히 중요하다.

하루에 한 번은 갈아입어야만 하니까 여러 개 필요하다.

"가요."

"그게…… 나도?"

"당연, 해요. 저, 일본어, 몰라요."

릴리는 농담 어린 말투로 그렇게 말했다.

속옷을 사는 것쯤이라면 문제없는 수준의 일본어 능력을 갖춘 것 같은데…….

"혼자서는, 불안해요……."

릴리는 고개를 숙이고 나서 눈을 위로 치켜뜨며 나를 보았다.

이런 표정을 지으면 싫다는 말은 못 한다.

"알았어. ……같이 갈게."

나는 릴리의 뒤를 따르는 형태로 가게에 들어갔다.

가게 안에는 어디를 보아도 속옷뿐.

신기하게 마네킹도 야해 보인다.

포스터의 모델 여성도 반라니까 눈을 어디에다 둬야 할지 곤란하다.

아…… 저 사람, 릴리와 생김새가 조금 닮았네.

릴리도 옷 아래에는 저런 걸 입고 있을까? ······아니, 나는 무슨 생각을 하는 거냐.

"······뭘, 보고 있어요?"

모델 사진을 바라보고 있으니 옆에서 언짢은 목소리가 들려왔다.

"아니, 아무것도 안 봤어."

"거짓말, 이에요. 엉큼한 눈빛을 했어요. ······저와의, 데이트에서, 무엇을 생각했나요?"

엉큼한 눈이라니······.

딱히 그런 생각을 전혀 안 한 것은 아니지만 말이야.

"릴리를 닮았다고 생각했을 뿐이야."

내가 그렇게 대답하자 릴리는 그 푸른 눈동자를 크게 떴다.

순식간에 릴리의 얼굴이 빨개졌다.

아차, 너무 솔직하게 말했다.

성추행이라고 고소해도 불평할 수는 없다.

"어어, 아니, 딱히 그, 이상한 뜻은 아닌데······."

『그렇다면 저를 보세요.』

릴리는 이쪽을 째려보면서 그렇게 말하더니 고개를 돌렸다.

그리고 작게 콧소리를 냈다.

화내는······ 것은 아닌가 보다.

굳이 따지자면 쑥스러워하는 것처럼 보였다.

……모델과 얼굴이 닮았다는 소리를 들어서 기뻤던 것일까?

『저런 걸, 좋아하는군요…….』

릴리는 붉어진 얼굴을 한 채, 영어로 소곤소곤 무언가를 중얼거렸다.

그리고 섹시한 포즈를 취한 모델 사진으로…… 아니, 그 바로 옆에서 파는 속옷 —모델이 착용한 것과 같은— 쪽으로 눈길을 돌리고, 그것을 손에 집었다.

"소—타."

"……뭔데?"

"어느 쪽이 좋은 것 같나요?"

릴리는 붉은색 속옷과 푸른색 속옷을 손에 들면서 그렇게 물었다.

……아니, 나한테 묻지 말라고.

나는 그렇게 생각했지만 릴리는 빨리 대답하라며 이쪽을 노려보았다.

대답할 수밖에 없나 보다.

"……그럼, 푸른색?"

릴리의 머리카락은 아름다운 은발이다.

붉은색 같은 난색 계열보다, 한색 계열 쪽이 더 어울릴 것 같다.

내가 그렇게 전하니—.

『뭘 진심으로 대답하는 건가요? 기분 나빠요. 당연히 농담이잖아요.』

이 여자…….

대답 안 하면 대답 안 하는 대로 불평을 늘어놓으면서.

『……하지만, 일리 있는 것 같아요. 참고하기로 할까요.』

릴리는 빠른 말투로 그렇게 말하면서 붉은색 속옷을 되돌려놓았다.

그 후로 푸른색 속옷을 찬찬히 관찰하고 고개를 갸웃거렸다.

"사이즈를 보는 법, 모르겠어요. ……아시나요?"

"알 리가 없잖아."

"그렇겠죠. 알면, 기분 나빠요."

릴리는 그렇게 말하고 나서 근처를 지나가던 점원에게 말을 걸었다.

릴리가 말을 건 점원은 살짝 표정을 굳혔다.

이런 외국인이 말을 걸어왔어. 영어 모른다고…….

그런 표정이었다.

『소─타, 통역해 주실 수 있나요?』

『일본어로 말할 수 있잖아.』

『사이즈가 올바르게 전해질지 아닐지, 모르잖아요.』

릴리는 그렇게 말하고 나서 내 귓가에 입술을 가져다 댔다.

『제 사이즈는 위에서부터…… 예요.』

릴리의 숨결이 내 귀를 간질였다.

내용이 내용이어서 그런지 이상한 기분이 들 것 같았다.

『잘, 부탁합니다.』

릴리는 살짝 붉은 얼굴로 나한테 그렇게 말했다.

부끄럽다면 자기 입으로 말하라고…….

"아아, 그게…… 이 애는…….."

나는 여성 점원을 향해서 릴리의 말을 전했다.

낯선 여성에게 내 여자사람친구의 가슴 사이즈를 전달한다는 의미 모를 시추에이션에 내 정신이 이상해질 것 같았다.

"그렇군요. 괜찮으시다면, 실제로 측정해 보시겠어요?"

나라는 통역이 있다는 사실에 안심했는지 컨디션을 되찾은 점원이 그렇게 제안했다.

그런가, 그 수가 있었나.

"그럼, 재겠습니다. 잘 부탁합니다."

"그럼 이쪽으로 오세요…….."

점원은 릴리를 시착실로 안내했다.

당연히 나는 놔두고 갔다.

란제리숍에서 혼자 기다리는 것은 난이도가 높았기에 나는 가게 밖에서 릴리를 기다리기로 했다.

잠시 시간이 지나고 만족스러운 표정을 띤 릴리가 돌아왔다.

"전보다, 커졌어요. 치수 재는 거, 중요하네요."

"어, 어어. ……그래."

그런가, 그거보다도 큰 건가.

역시 몸매가 좋네…….

나도 모르게 시선이 릴리의 가슴께로 향하고 말았다.

그러자 릴리는 눈썹을 찌푸렸다.

"엉큼한 눈으로, 보지 마세요."

"……딱히 안 봤어. 애당초, 보고하지 마."

사이즈를 보고받으면 당연히 신경 쓰이잖아…….

※

그 후로 이것저것 일용품 등, 피부에 맞을 법한 화장품이나 비누 등을 다 구입하고 시각은 오후 1시경이 되었다.

"소—타, 배고파요."

릴리는 다소 불만스러운 목소리로 그렇게 말했다.

이대로 가면 화풀이를 당할 것 같고 배고픈 것은 나도 마찬가지이다.

"점심을 먹을까. 뭘 먹고 싶어?"

"본고장의 초밥, 먹고 싶어요."

마치 기다렸다는 양 릴리는 그렇게 말했다.

초밥이라고 해도 회전하는 곳과 회전하지 않는 곳이 있다.

모처럼이니 회전하지 않는 초밥집 쪽이 좋을 거라고 생각했지만, 릴리 쪽에서 회전 초밥 체인이 좋다는 요망이 들어왔다.

아무래도 릴리가 부모에게서 받은 용돈은 무한하지 않은 모양이다.

생각해 보면 내가 영국에서 릴리와 같이 갔던 초밥집도 회전 초밥 체인점이었다.

그곳도 맛없지는 않았지만 일본의 회전초밥 체인점 쪽이 더 맛있다.

게다가 회전 초밥은 초밥 말고도 튀김이나 라멘, 디저트 등의 메뉴도 풍부하다.

릴리도 그쪽을 더 즐길 수 있으리라.

그렇게 해서 릴리를 회전 초밥집에 데려가기로 했다.

『이게 일본의 초밥! 영국과 전혀, 다르네요!! 모르는 생선뿐이에요!!』

릴리는 흘러가는 초밥을 보면서 눈을 반짝반짝 빛냈다.

영국의 회전 초밥 메뉴는 일본인에게는 초밥이라고는 인정하기 어려운 것이 많았지만, 릴리에게는 그것이야말로 SUSHI인 것이다.

그것과 비교해서 이래저래 다른 부분이 많은 일본의 초밥은 신선하게 보이리라.

"이 생선은, 맛있, 나요? 어떤 맛, 인가요?"

"으음, 글쎄……."

릴리는 이것저것 나에게 초밥 재료에 대해서 물었다.

가능한 한 대답하려고 노력했지만 나도 초밥이나 생선 지식이 많지는 않다.

"신경 쓰인다면 먹어보면 되잖아?"

"그것도 그러네요!"

내 적당한 대꾸에 납득했는지 릴리는 한쪽 끝에서 초밥을 터치패널로 주문하기 시작했다.

그리고 그것을 덥석덥석 해치워 나갔다.

"이건…… 뭔지 알아요. 카라아게, 죠? 프라이드 치킨!"

"카라아게이긴 하지만 닭이 아니네. 문어야."

"문어? 새의 일종인가요?"

『octopus(문어). 카라아게는 닭에 한정되지 않고 생선도 있어.』

내가 그렇게 대답하자 릴리는 놀란 기색으로 눈을 휘둥그레 떴다.

『흐음, 문어 카라아게……! 신경 쓰여요.』

그렇게 말하며 주문했다.

그리고 도착한 문어 카라아게를 머뭇머뭇 젓가락으로 집어서 입에 넣었다.

"어때?"

"맛있어요. 이거, 좋아해요."

릴리의 입맛에 맞는 모양이다. 그 후로 릴리는 차완무시(짭 짤한 푸딩)에 눈을 휘둥그레 뜨거나, 카라아게와 튀김은 무엇이 다른지 말하면서 새우튀김을 볼이 미어지게 먹고, 이것도 먹고 싶었다며 우동과 소바에 입맛을 다시고, 그리고 이상한 젤리라 며 고개를 갸웃거리면서도 쿠즈모치도 다 먹었다.

"잘 먹었, 습니다. ……맛있었어요."

릴리는 만족스러운 표정으로 그렇게 말했다.

그녀의 눈앞에는 초밥 접시가 높게 쌓여 있었다.

얼핏 보면 내 1.5배 정도로 보이지만 실제로는 소바나 우동 등 양이 많은 메뉴도 먹었으니 섭취한 총량은 배 이상이다.

……이렇게 많이 먹는데 어째서 살이 안 찌는 거지?

역시 가슴으로 영양이 가는 걸까?

그날 밤.

릴리가 낮에 산 속옷을 입고서 나에게 들이대는 꿈을 꿨다.

여성 친구를 상대로 그런 꿈을 꾸다니…….

혹시 나는 성욕이 강해서 분별이 없는 것일까?

나는 아주 조금, 자기혐오에 빠졌다.

※

월요일.

나— 아멜리아 릴리 스태퍼드에게, 두 번째 등교일.

첫 체육 수업을 마친 후.

『아멜리아. 그 속옷, 예쁘네. 어디서 샀어?』

탈의실에서 옷을 갈아입고 있자 미사토가 말을 걸어왔다.

테니스로 시합한 이래, 그녀는 묘하게 허물없이 굴었다.

하지만 연적과 친밀해질 생각은 없었다.

더군다나 이 속옷은 소우타의 취향이니, 일부러 가르쳐 줄 의리는…….

아니, 잠깐만?

『역 앞의, 백화점, 이에요. 토요일, 소—타와 같이, 갔어요.』

『흐음, 혹시 소우타가 골라주기라고 했어?』

미사토는 히죽히죽 웃으면서 그렇게 말했다.

나는 저도 모르게 득의의 미소를 지었다.

『맞아요. 소—타가, 골라줬어요.』

엄밀히 따지자면 소우타가 고른 것이 아니라, 소우타가 주목 하던 속옷을 샀을 뿐이지만…….

그것은 소우타가 고른 것이나 마찬가지이니 거짓말은 아니었다.

내 말을 듣고 미사토는 커다란 눈을 부릅떴다.

『흐, 흐음……. 소우타가 골라줬구나. 그, 소우타가 말이지. 나보다도 먼저…….』

미사토는 신기하다는 듯이 고개를 갸웃했다.

역시나 그녀도 동요하는 모양이다.

같이 목욕한 적이 있는지 없는지 모르겠지만 지금 소우타의 연인은 나다.

『이거, 물어봐도 되는지 아닌지 잘 모르겠는데 말이야.』

『뭔가요?』

『아멜리아는, 이미, 소―타와 관계를 가졌어?』

흐에?

관계? 소우타와?

나는 내 얼굴이 뜨거워지는 감각을 느꼈다.

"무, 무슨……. 할 리가, 없잖아요! 그런, 행실이 나쁜…… 혼전 관계라니, 신께서 용서하지 않으세요! 그런 건, 결혼하고 나서예요."

『미안, 좀 더 천천히 말해줘. 한 적이 없다는 게 맞아?』

『당연하죠.』

내가 그렇게 대답하자 미사토는 어쩐지 안심한 표정을 지었다.

야한 짓을 한 적이 없다고 해도 나와 소우타가 서로 사랑하는 사실에 변함은 없다.

이 여자가 끼어들 틈은 없다.

『반대로 어디까지 한 적 있어? 키스는?』

『……없는데요.』

내가 대답하자 미사토는 빙그레 웃음을 띠었다.

이겨서 의기양양한 얼굴이다.

열받는다.

"후후, 그렇겠지. 안심했어. ……그 소우타가 나보다도 먼저 퍼스트 키스를 졸업하다니, 말도 안 돼."

미사토는 무언가를 웅얼웅얼 중얼거렸다.

퍼스트 키스가 어쨌다던가…….

설마, 소우타의 퍼스트 키스를 노리는 것일까?

『당신에게는 못 줘요. 소―타는, 제 거예요.』

내가 그렇게 선언하자 미사토는 어리둥절한 표정을 지었다.

그리고 잠시 시간이 지나고 나서 웃음을 터뜨렸다.

『그, 그래! 그, 그렇구나……. 후후, 힘내. 나한테 추월당하지 않게끔……, 쿡쿡.』

으윽……, 날 깔보다니!

아니, 진정해, 릴리.

지금 소우타와 같이 사는 건, 연인인 건 바로 나다.

우위에 선 것은 나다.

이 여자의 말은 전부 지고서 부리는 억지.

나는 자신을 타이르면서 교복을 입었다.

그나저나…….

『그 치마, 새로 사면, 어때요?』

내가 받은 교복 치마 길이는 무릎을 덮어 가릴 만큼 길었다.

하지만 나 말고 다른 여학생은 다들 무릎을 드러내고 있었다.

특히 미사토는 치마가 짧아서 속이 보이고 말 것 같았다.

아무리 일본인이 물건을 아껴 쓴다고 해도 한도가 있으리라.

성장에 맞춰서 치마를 다시 사야 한다.

내가 그렇게 전하자 미사토는 쓴웃음을 띠었다.

『이건 굳이 짧게 줄인 거야. 일부러 그런 거라고. 낡은 옷을 입은 게 아니야.』

『굳이? ……어째서인가요?』

『이쪽이 더 예쁘잖아? 다리도 길어 보이고.』

미사토는 그렇게 말하면서 치마를 손가락으로 집었다.

단정치 못할 뿐인 것 같은데…….

『테니스 유니폼도 미니스커트잖아.』

"그건 속에 언더 스커트를 입어요. 게다가 원래부터 그런 디자인이에요."

미니스커트를 미니스커트로 입는 것은 이상하지 않다.

하지만 롱스커트를 미니스커트로 바꾸는 것은 이상하다.

내가 영어로 그렇게 주장하니 미사토는 지지 않고 대꾸해 왔다.

『굳이 디자인을 바꾸는 게 바로 멋이야. 일본의 여고생 사이에서는 이런 게 유행해.』

"흐음, 그런가요?"

『아멜리아도 짧게 줄여볼래? 틀림없이 예쁠 거 같은데.』

"저는 영국인이에요."

『그래? 아쉽네.』

미사토는 어째서인지 실망한 기색으로 어깨를 늘어뜨렸다.

남의 치마 길이 따위는 아무래도 좋은 것 같은데.

『소우타는 아마, 짧은 쪽이 취향일 거 같은데.』

울컥!

"그럴 리 없어요."

『소우타가 그렇게 말했어?』

"그건……."

분명 테니스를 칠 때, 가끔 다리에 뜨거운 시선을 느낀 것 같기도 하고…….

유니폼도 「예쁘다」라고 칭찬해 줬고.

설마…….

『소우타는 다리 페티시야.』

뭐?!

"어, 어째서 그런 걸, 아나요?"

『어째서일 거 같아?』

미사토는 히죽히죽 웃음을 띠면서 말했다.

큭……!

"안 믿어요!"

『그래, 아멜리아의 마음이니까 상관없지만. 나는 한발 앞서 교실로 돌아갈게.』

미사토는 그렇게 말하면서 탈의실을 나섰다.

남겨진 나는 나도 무심코 치마를 집었다.

……정말로 짧은 쪽이 소우타의 취향일까?

※

화요일.

릴리가 일본에 온 뒤, 세 번째 등교일.

"소—타, 이거, 어떤가요? ……이상하지 않나요?"

릴리가 치마를 손가락으로 집으면서 그런 질문을 해왔다.

교복의 감상은 이전에 한 번 물어본 것 같다.

하지만 이전과 태도가 달랐다.

얼굴도 새빨갰고 다리도 꼼지락거리고 있었다.

어쩐지 살짝 야한 분위기가 난다.

이 변화는—.

"치마, 짧게, 줄였어요."

그런 말을 듣고서 나는 깨달았다.

어제까지는 무릎을 덮을 정도로 길었던 치마가 무릎 위 10 센티미터 정도로 짧아져 있었다.

눈대중이지만 15센티미터 이상은 길이가 줄어들었다.

그러고 보니, 밤에 뭔가 했었지…….

"이상하지는 않지만, 왜 그러는데?"

"……다들, 짧아서요. 미사토도……."

우리 학교 교칙은 느슨해서 널널하다.

교복의 개조도 원형을 유지하는 한은 자유이다.

그래서 여자는 치마를 짧게 줄이는 경향이 있었다.

특히 미사토는 팬티가 보이는 게 아닐까 싶은 수준으로 짧다.

뭐 미사토의 팬티나 다리에는 한 톨도 흥미가 없지만…….

"억지로 안 맞춰도 괜찮지 않겠어?"

솔직히 말하면 나는 좋지만 중요한 것은 릴리의 의지이리라.

보아하니 릴리는 부끄러워하고 있다.

부끄럽다면 그만두는 편이 좋지 않을까?

"……소─타는, 어느 쪽이 좋아요?"

내 의견 따위를 물어서 어쩌려는 건가 싶었지만…….

나는 다시 릴리의 모습을 관찰했다.

어제와 비교하면 짧아졌지만 그래도 무릎 위 정도.

우리 학교 여자의 평균……보다는 긴 정도였다.

천박하지는 않았다.

그리고 릴리는 다리가 무척 길었다.

치마를 짧게 줄임으로써 그것이 더 강조되었다.

힐끔 엿보이는 흰 넓적다리도 무척 예뻤다.

『저기, 너무 뚫어지게 보면…… 역시 이상한지…….』

『예뻐. 멋져 보여.』

『그, 그런가요?!』

내 말을 듣고 릴리는 갈라진 목소리를 냈다.

그리고 몇 번인가 치마를 손가락으로 집더니 망설이는 기색을 보이고 나서 고개를 끄덕였다.

『소—타가 그렇게 말한다면…… 조금, 부끄럽긴 하지만요…….』

『어디까지나 내 의견이니까 신경 안 써도 돼.』

부끄럽다면 그만두는 편이 좋잖아?

내가 그렇게 말하자 릴리는 이쪽을 쩨려보았다.

『딱히 당신을 위해서가 아니니까 착각하지 마세요. 로마에서는 로마의 법을 따를 뿐이에요.』

남의 고장에 가면 그 고장의 법을 따른다는 건가.

뭐, 릴리가 익숙해지려고 한다면 그건 좋은 일인가?

그것이 치마 길이라니 이상한 이야기이지만.

그렇게 해서 릴리는 치마를 짧게 줄이기로 했으나 역시 부끄러운 모양이었다.

때때로 치맛자락을 손으로 누르고는 했다.

의자에 앉을 때는 양손으로 치마를 앞으로 끌어당기는 몸짓을 했다.

계단을 걸을 때는 노골적으로 엉덩이에 손을 얹었다.

우리 학교 여자애는 짧은 치마를 입고 당당히 큰 보폭으로 걷곤 해서 그런 릴리의 몸짓은 무척 신선하고 귀여웠다.

『치마, 길게 늘이지 그래?』

차마 보다 못한 내가 그렇게 말하니 릴리는 얼굴을 새빨갛게 물들이면서 치마를 손으로 눌렀다.

그리고 이쪽을 그렁그렁한 눈동자로 노려보았다.

『금세, 익숙해질 거예요. ……쓸데없는 참견이에요. 다음에, 지적하면…… 목숨은 없어요.』

이상한 성벽에 눈을 뜨고 말 것 같았다.

이대로 있어 줘.

잘못 말했다. 제발 그만둬.

※

"일본사는 어땠어?"

1교시가 끝난 후 나는 릴리에게 물었다.

일본사는 영국에서는 배운 적 없는 내용이었을 테고 어려운 한자도 많다.

과연 릴리는 수업 내용을 이해할 수 있었을까?

"재미있었어요."

릴리는 평소의 쿨하고 새침한 얼굴로 그렇게 답했다.

살짝 기분이 좋아 보이니 이건 분명 정말로 재미있었던 거겠지.

이 상태라면 제대로 수업 내용도 알아들었던 것이리라.

노트에는 영문으로 메모가 적어 놓았다.

"알아듣기 힘든 부분도, 있었으니, 나중에, 밤, 해주세요."

"아아, 응. 좋아."

밤이라…….

그 차림새로 매일 거리를 좁혀오면 괴로운데.

싫다는 말은 할 수 없지만.

"다음 시간은 영어인데…… 릴리 넌 안 듣지?"

부처에 설법.

릴리가 새삼스럽게 영어에서 배울 내용이 있으리라고는 여길 수 없다.

내 기억이 옳다면 유학생은 따로 일본어 수업이 있었을 것이다.

"저는, 일본어, 예요. ……이 교실, 어딘지, 아세요?"

"거기는 3층이네. 안내해 줄까?"

"부탁합니다."

나는 릴리를 목적한 교실까지 데려갔다.

그 도중에…….

(저 애가 소문의 미소녀 유학생인가.)

(와아, 무지 예뻐.)

(몸매도 엄청 좋잖아. 다리가 길어…….)

(저 애, 귀족이래. 확실히 뿜어내는 오라가 다르네……. 어쩐지.)

(저 은발, 타고난 걸까? 굉장해!)

(남친이 있을까?)

(소문으로는 연인을 쫓아서 일본에 왔대.)

(그건 옆에 있는 녀석 아니야?)

릴리에 대해서는 이미 전교에 소문이 난 모양이다.

릴리는 주위에서 보내는 시선을 한몸에 받고 있었다.

『저기, 소―타.』

『응? 왜 그래?』

『시, 시선을 받는 것 같아요.』

릴리는 불편한 듯이 작은 목소리로 그렇게 말했다.

뺨이 살짝 붉었다.

……릴리는 주목받아서 부끄러워하는 타입이었던가? 남의 시선은 나 몰라라 하는 이미지가 있었는데.

『치, 치마가…… 역시 이상한가요?』

릴리는 다리를 꼼지락거리고 치마를 잡아당기면서 그렇게 말했다.

아무래도 자기 치마 길이가 주목받고 있다고 착각하는 모양이었다.

『그쪽이 아니니까 괜찮아.』

『……그럼, 뭔가요?』

『저 애가 소문의 미소녀인가, 그런 느낌이네.』

『흐음, 그런가요.』

내 말을 듣고 릴리는 영 싫지만은 않은 표정을 지었다.

이러쿵저러쿵하는 사이에 우리는 목적한 교실에 도착했다.

"그럼 다음 시간에 봐요."

"그래."

나는 릴리와 헤어져, 내 교실로 돌아갔다.

65분이 지나고, 2교시가 끝났다.

다음 시간은 화학. 장소는 이과실이다.

"데리러 갈까."

나는 릴리가 있을 교실로 향했다.

하지만 릴리의 모습은 보이지 않았다.

길이 엇갈리고 말았나?

나는 그렇게 생각했지만 문득 릴리의 목소리가 들렸다.

『아뇨, 됐어요. 흥미 없어요.』

"축구, 축구부야. 매니저라는 건……."

그리 멀리 떨어지지 않은 곳에서 릴리를 발견했다.

그 바로 옆에는 세 사람쯤 남학생이 있었다.

그중에 한 사람, 본 적이 있는 녀석이 있었다.

분명 축구부 녀석이다.

대화 내용과 상황을 통해 헤아려 보면 축구부가 릴리에게 매니저로 들어오라고 권유하는 모양이다.

그리고 거절당했다.

축구는…… 그야 흥미 없겠지. 럭비라면 또 모를까.

애당초 릴리는 매니저 일을 맡아 할 성격이 아니겠지만.

"으음, 말이 안 통하나……."

축구부원은 고개를 갸웃했다.

아마, 통하지 않는 것은 그의 일본어가 아니라 릴리의 영어일 것이다.

"흥미, 없어요."

"기다려. 얘기는 아직 안 끝났으니까."

축구부원이 떠나가려고 하는 릴리의 팔을 붙잡았다.

릴리는 그 손을 뿌리쳤다.

분위기가 험악했다.

"미안, 릴리. 오래 기다렸지."

나는 두 사람 사이에 끼어들면서 그렇게 말했다.

그리고 릴리의 소매를 가볍게 붙잡고 그 자리에서 떠나려고 했지만…….

"이봐, 기다려. 권유를 방해하지 마."

상대방이 노려보았다.

쉬는 시간 중에는 동아리 활동 권유 금지일 텐데……라고 정론을 말해봤자 멈추지 않으려나.

"이 애는, 이미 테니스 클럽 멤버라서."

내가 그렇게 말하자 축구부원은 분하다는 듯이 표정을 일그러뜨렸다.

축구부는 그렇게 일손이 부족한가?

"이봐, 축구부 매니저 안 할래? 테니스 같은 거보다 즐겁다고. 여자애도 잔뜩 있고 말이야."

그리고 아쉬운 듯이 릴리에게 권유했다.

매니저라 필요한 게 아니라 릴리를 원하는 모양이다.

운 좋으면 들어올지도 모른다고 여기는 걸까?

『그러니까……』

"릴리."

『어, 아, 잠깐……』

나는 당장이라도 축구부원에게 대들 것 같은 기세인 릴리를 끌어안았다.

릴리는 곤혹스러운 표정을 띠었다.

나는 그런 릴리를 무시하고 축구부원에게 웃어 보였다.

"이 애는 내 여자니까."

분위기가 얼어붙었다. ……거짓말이라도 너무 수상쩍다.

어쨌든 간에 축구부원은 몸이 굳었다.

"가자, 릴리."

『네, 네…….』

나는 굳어 버렸던 릴리의 어깨를 떠밀다시피 그 자리에서 철수했다.

계단을 오르면 더는 안 쫓아오려나?

『저, 저기, 소─타. 놔, 놔주세요.』

"아아, 미안."

나는 황급히 릴리의 어깨에서 손을 치웠다.

릴리의 얼굴은 새빨갰다.

『덕분에 살았어요. 고맙습니다. 다만, 그게…….』

릴리는 부끄러운 듯이 눈을 내리깔았다.

『다른 사람 앞에서, 내 여자라고 하는 건, 좀…… 삼가, 주실 수 있나요?』

역시나 너무 지나쳤나.

연기라고는 하지만 나도 조금 부끄러워지기 시작했다.

『미안. 이쪽이 빨리 정리될 것 같았거든.』

『저도 알아요. 그런데 뭐 하러 오신 건가요?』

『아아, 다음 시간. 이과실에서 수업하니까. 안내해 주려고.』

『그랬나요. 그럼 부탁합니다.』

그렇게 말하는 릴리는 어째서인지 나와 눈을 마주치지 않았다.

……릴리를 화나게 해버린 걸까?

제3장 어학 유학하러 온 귀족 영애,
일본에서의 생활을 즐기다

"이런 느낌으로, 일본에서 보내는 생활은 순조로워요."

일본으로 유학 온 지 3주.

나는 친구인 메리에게 전화로 경과를 보고했다.

소우타와 만나고 싶다면 네가 일본으로 가면 되잖아.

그렇게 말하며 등을 떠밀어 준 사람이 메리였다.

"그렇구나, 의외야."

"……의외라니, 무슨 뜻인가요?"

내가 일본에서 문제를 일으키리라고 생각한 것일까?

"영국으로 돌아가고 싶다며, 울상을 짓지 않을까 걱정했어."

"딱히 울상은 안 지어요. ……정말로 쾌적하고 즐거워요."

오기 전에 경계했던 만큼 일본에서 보내는 생활은 나쁘지 않았다.

영어는 그다지 통하지 않지만 내 일본어는 그 나름대로 통해서 고생하지는 않는다.

통하지 않더라도 소우타가 도와준다.

배수 시설은 위생적이고 음식도 맛있다.

기후도…… 지금은 봄이라서 그런지 모르겠지만 따뜻해서

지내기 편하다.

"그럼, 일본에서 계속 살래?"

"……거기까지는 아니에요."

나쁘지는 않지만 오래 살아 정든 모국만큼은 아니다.

언어도 불편하고.

음식도 맞지 않는 것이 있다.

……유제품이라든가, 홍차라든가.

그렇기에 내 목적은 소우타를 영국으로 데리고 돌아가는 것이다.

"그 애도 같은 생각을 할 거 같은데. ……누구든지 모국이 제일이잖아?"

"그건 제 매력으로 커버하겠어요."

내가 없는 일본(모국)과, 내가 있는 영국(외국).

양쪽을 비교하고 나서 그가 후자를 선택하면 된다.

"지금, 저는 소─타의 어머님에게서 일본 요리를 배우고 있어요."

"흐음…… 네가 일본 요리를."

"맞아요. 소─타가 향수병에 걸려도, 대응할 수 있도록 하겠어요."

─어쩐지, 된장국을 먹고 싶어졌어. ……일본에 돌아가고 싶다.

─그럴 줄 알고서 만들었어요. 어서 드세요.

—와, 맛있어! 고마워, 릴리! 너와 함께라면 어떤 곳에서도 살아갈 수 있어! 사랑해!

"완벽한 작전이에요."

"완벽하진 않은 거 같지만, 네가 노력하는 건 알았어. 그런데 속된 말을 물어도 돼?"

"내용에 따라서는요. 말씀하세요."

"진도는 어디까지 나갔어?"

어디까지? 진도?

"뭐가 말인가요?"

"관계 말이야. ……야한 일 같은 건, 이미 했어?"

야한 일?

……야한 일?!

"아, 안 했어요! 할 리가, 없잖아요!"

"뭐, 그렇겠지. 네가 그런 걸 할 리 없는걸."

어딘가 실망한 듯한, 그리고 얕보는 것 같은 말투였다.

어쩐지 화가 난다.

"그럼 키스는?"

"아직, 인데요……?"

"같이 사는데?"

"관계있나요?"

키스와 함께 사는지 아닌지는 관계가 없을 것이다.

연인 사이라면 키스쯤은 하리라는 논리는 모를 것도 없지만.

"포옹은? 손은 잡은 적 있어?"

"……없는데요?"

"어째서?"

"어째서냐니…… 해줬으면 좋겠다는 말을 들은 적도 없는데요."

소우타 쪽에서 손을 잡아 달라고 말하면 해주겠지만 내 쪽에서 부탁하기는 조금 부끄럽다.

하고 싶지 않은 것은 아닌데 꼭 해야만 하는 이유도 없었다.

"너, 정말로 사랑받는 거 맞아?"

"무슨 뜻인가요?"

나도 모르게 울컥하고 말았다.

나와 소우타의 관계를 놀리는 것은 상관없지만 의심하는 것은 아무리 뭐라 해도 실례이다.

"남자애가 좋아하는 사람과 손조차 잡으려고 들지 않다니, 말도 안 돼."

"세상에는 다양한 사람이 있잖아요. 딱히 이상하지 않아요."

소우타는 신사이고 부끄럼쟁이이다.

나 역시 소우타에게 해달라고 부탁하기는 부끄럽고 그 역시 비슷한 상황에 놓였으리라.

……가능하면 남자애인 그가 요구해 오면 좋겠으나 내가 못하는 일을 남에게 바라지는 않는다.

"글쎄. 남자의 마음은 변하기 쉬우니까. 딱딱한 여친보다도 가깝고 친해지기 쉬운 여자애에게 마음이 옮겨가도 이상하지 않아. 반년이나 시간이 있으면 말이야."

한순간, 내 뇌리에 미사토의 얼굴이 떠올랐다.

분명 소우타와 그녀는 친했다.

지금은 연인이 아닌 듯하지만 예전에는 친했던 모양이고.

"하, 하지만 소—타는 저를, 『내 여자』라고 말했어요."

"흐응. ……너는 거기에 뭐라고 대답했어? 긍정했어?"

"……삼가달라고, 말했어요."

공중의 면전에서 그런 말을 하지 말아 달라고 그렇게 말할 생각이었다.

하지만 부정하는 것처럼 받아들이지 않을 것도 없다.

"대체 뭐 하는 거야……."

메리의 어이없는 목소리가 내 마음을 찔렀다.

만약 소우타가 나를 싫어하게 된다면…….

"어, 어쩌면 좋죠……."

"확인해 보면 어때? 나를 어떻게 생각해? 라고. 그 애가 좋아한다고, 사랑한다고 대답해 주면 해결되잖아?"

"하, 하지만, 새삼스럽게, 그런 걸……."

"연인끼리 사랑을 서로 확인하는데, 새삼스러울 게 뭐 있어?"

"그, 그런 건, 가요?"

"그런 거야."

분명 듣고 보니, 우리 아버님과 어머님도 매일 「사랑해」라고 서로 확인했다.

―소―타. 저는 당신의 뭔가요?

―그야 뻔하잖아. 사랑하는 연인이고, 미래의 신부야!

"저도 사랑해요, 소―타!"

"난 소―타가 아니야."

아차, 입 밖으로 튀어나왔다.

※

릴리가 일본에 온 지 3주일쯤 지났다.

이미 학교에서는 미소녀 유학생, 아멜리아 릴리 스태퍼드의 이름은 널리 알려졌다.

릴리는 남자에게서 선망의 시선을 받았지만 신기하게도 고백받거나 러브레터를 받는 일은 없었다.

아무래도 릴리에게는 연인이 있는 모양이다.

릴리는 그 연인을 쫓아서 일본까지 찾아왔다던가.

공중의 면전에서 「이 녀석은 내 여자다」라고 입에 담을 만한 독점욕이 강한 남자인데, 릴리와는 매일 영어로 알콩달콩하는 모양이다.

그 남자는 대체 정체가 뭘까?

그런 릴리였지만 일본에서 보내는 생활에는 상당히 익숙해진 모양이었다.

일본어도 나날이 매끄러워지기 시작했다.

물론 문화 차이로 당황하는 일도 다소 있었다.

이를테면 최근에는 앙금에 곤혹스러워했다.

초콜릿인 줄 알았는데⋯⋯.

콩에 설탕으로 가미하다니? 제정신인가?

그런 느낌이다.

하지만 「이건 이것대로 맛있다」라는 결론에 다다른 모양이라서 자주 먹는다.

최근에는 편의점에서 일본의 화과자나 과자빵 등을 사는 것이 즐거운가 보다.

일본의 과일이나 디저트는 수준이 높다며 매일 간식으로 먹고 있다.

릴리는 음식에 대해서 관용적이었지만 물론 허용할 수 없는 것도 있었다.

바로 홍차이다.

일본의 홍차는 맛이 없는 모양이다.

그렇다면 찻잎을 주문하면 되지 않나? 그렇게 생각했으나 아무래도 물과 우유도 아닌가 보다.

일본의 물은 연수이다.

한편 영국의 물은(장소에 따라서 다르지만) 기본적으로 경수이다.

분명 물에 따라 풍미는 바뀐다.

이 문제는 최종적으로 경수의 천연수를 구입한 다음, 연수와 섞어 적당한 느낌이 나는 경도로 만들어서 대응하기로 한 모양이다.

……지나치지 않나?

또한 일본의 우유도 입에 안 맞는 모양이다.

우유도 일본과 영국에서는 조금 맛이 다르다.

자세히 설명하자면 길어지기에 생략하지만, 소의 품종이라든가 짠 후에 우유를 처리하는 방법— 고온살균인지 저온살균인지로 이것저것 차이가 난다.

……솔직히 나는 우유를 특별히 좋아하는 것도 아니라 어느 쪽이든 맛있지 않나? 그렇게 생각하지만.

릴리로서는 마시는 데 익숙한 우유가 아니면 싫은가 보다.

취향의 문제이리라.

슈퍼에서 대량으로 우유를 구입해서 「이것은 전혀 달라요」, 「맛없지는 않지만 달라요」, 「비슷하지만 달라요」라고 불평했다.

최종적으로는 인터넷을 써서 취향에 맞는 우유를 정기 구매하기로 한 모양이다.

시험 삼아 마셔봤는데 확실히 맛있었다.

처음에는 릴리의 용돈으로 샀지만 어머니도 우유 맛에 푹 빠진 모양이다.

결국 그 우유는 우리 집에서 즐겨 마시는 우유가 되고 말았다.

대강 그런 느낌으로 그 밖에도 불만이 있어 보이지만 스스로 해결하고 있다.

향수병에 걸린 기색은 없다.

일본에서 보내는 생활을 즐기고 있는 모양이다.

문제가 있는 것은 오히려 내 쪽이다.

마음이 편하지 않다.

지금은 알몸이나 속옷 차림을 보고 말 법한 이벤트와 맞닥뜨리지는 않았다.

하지만 빨래할 때나 널 때 속옷을 목격하는 경우는 자주 있다.

누군가 보여줄 상대가 있는 건가? 그렇게 억측하고 싶어질 만한 예쁘고 야한 속옷이다.

금세 익숙해지리라고 생각했으나 아무래도 익숙해지지 않는다.

옷 아래에는 어떤 속옷을 입고 있는 거지……라는 생각을 하고 만다.

속옷뿐만이 아니라 릴리 본인에게도 문제가 있다.

거리가 가깝고 무방비하다.

공부할 때.

텔레비전을 보거나 게임을 할 때.

독서할 때.

정신을 차리면 릴리가 가까이에 있다.

운동한 뒤에는 살짝 새콤달콤한 땀 냄새가, 목욕 후에는 달콤한 샴푸의 향기가 난다.

사소한 찰나에 가슴의 계곡이 힐끔힐끔 보인다.

좀 봐줬으면 좋겠다.

여기까지 들으면 혹시 이득 보는 게 아닐까 생각할지 모르겠지만 딱히 나는 릴리의 연인이 아니다.

릴리에게 손을 댈 수는 없다.

맛있는 요리의 냄새만 맡아서 배가 차는 일은 없는 것이다.

그런 괴로움에 몸부림치는 나날을 보내던 어느 날.

"신부 수업의, 성과를, 보여주겠어요!"

릴리가 그런 말을 꺼냈다.

※

오늘은 평소처럼 어머니가 늦게 귀가하는 날이었다.

그런 날 식사 담당은 내가 맡게 되겠지만…….

"오늘은, 제가, 만들겠어요."

오늘은 릴리가 식사 담당을 자처했다.

릴리의 요리 실력은 나날이 향상되고 있었다.

하지만 여태까지는 어머니나 나를 돕는 형태로 했었다.

릴리 혼자서 요리를 만든 적은 없었다.

하지만 무슨 일이든지 누구나 처음은 있다.

"그럼, 부탁할까?"

"신부 수업의, 성과를, 보여주겠어요!"

릴리는 그렇게 말하며 주먹을 꽉 움켜쥐었다.

……이제 적당히 『신부 수업』의 뜻을 가르쳐 주는 편이 좋을지도 모른다.

곧바로 우리는 하굣길에 슈퍼에 들렀다.

릴리는 식품을 하나하나 손에 들고서 바구니 속에 집어넣었다.

나는 그런 릴리의 모습을 지켜보았다.

지켜보기만 했다.

참견은 하지 않는다.

"다 골랐어?"

"네. ……메뉴는, 비밀, 이에요."

릴리는 어째서인지 의기양양한 얼굴로 그렇게 말했다.

애당초 구입한 재료를 보면 무엇을 만들려고 하는지, 대강 짐작이 간다.

"어어, 응. 기대할게."

그 말을 입 밖에 낼 만큼 유치하지는 않지만.

집에 도착하고 나서 릴리는 앞치마를 몸에 둘렀다.

"앉아서, 기다리세요."

그리고 나는 대기를 명받았다.

릴리의 말에 따라, 주방에서 요리하는 릴리가 보이는 위치에 앉았다.

『어디 보자, 우선……』

릴리는 주방에 서더니 무언가 휴대폰을 조작하기 시작했다.

레시피를 확인하는 모양이었다.

『……좋았어!』

주먹을 꽉 움켜쥐고 나서 재료를 썰기 시작했다.

칼질은 어색했다.

특히 잘게 다질 때는 보면서 조마조마했지만…… 무사히 재료를 다 썰었다.

조미료를 상 위에 꺼내놓고 프라이팬에 기름을 두르고 불을 켰다.

평소와 다르게, 긴장한 표정으로 재료를 볶았다.

그리고 조리 과정은 최종 단계로 접어들어…….

『앗…….』

작은 소리가 났다.

이 느낌으로 보아 무언가 실패한 모양이다.

릴리는 딱 한 번 내 쪽을 돌아보더니 완성된 요리를 자신의 그림자 뒤로 숨겼다.

그리고 요리용 젓가락을 사용해 요리를 뒤적이기 시작했다.

『……됐어.』

그리고 안도의 목소리가 흘러나왔다.

아무래도 복구에 성공한 모양이다.

"다 됐어?"

"소—타 것은, 아직이에요."

아무래도 실패한 요리는 스스로 먹으려는 모양이다.

이번에는 앞선 실패에서 배웠는지 훨씬 신중한 손놀림으로
요리를 만들기 시작했다.

『……됐어.』

이번에는 성공했나 보다.

그릇에 담은 요리를 앞에 두고 릴리는 작게 승리 포즈를 취
했다.

마지막에 케첩을 이용해 무언가 요리 위에 그리고 나서……
릴리는 양손에 그릇 두 개를 들고 이쪽으로 걸어왔다.

하나를 자신의 자리에, 그리고 또 하나를 내 자리에 놓았다.

"다 됐어요."

릴리는 득의에 찬 표정으로 그렇게 말했다.

슈퍼에서 재료를 고를 때도 이미 알아챘지만 릴리가 만든
것은 오므라이스였다.

노란색 달걀 위에는 케첩으로 하트 마크가 그려져 있었다.

형태도 상당히 예뻤다.

"잘하네. 맛있겠어."

내가 그렇게 칭찬하자 릴리는 득의에 찬 표정을 띠었다.

"당연해요."

그 후로 릴리는 손에 들었던 숟가락을 내게 내밀었다.

"자, 소─타. 쮸쮸, 드세요."

"어어……, 응?"

……쮸쮸?

저도 모르게 나는 릴리의 가슴, 이 아니라 얼굴을 올려다보았다.

릴리는 의아한 표정을 띠었다.

"뭔가요?"

"……쭉쭉, 드세요?"

쮸쮸가 아니라, 쭉쭉이라고 말하고 싶었던 게 아닌가?

내가 그렇게 지적하니 릴리는 겸연쩍은 표정을 지었다.

"실수했어요."

아까 전까지 보이던 득의에 찬 얼굴이 순식간에 위축된 얼굴로 변했다.

불만스러워 보였다.

『누구나 실수해요. 세세한 건 따지지 마세요.』

아무래도 내가 말꼬리를 잡았다고 생각하는 모양이었다.

쭉을 쮸라고 잘못 말한 것쯤은 대단한 실수는 아니고, 의미는 전달되니까 일부러 지적하지 않겠지만…….

이번 실수는 그다지 좋지 않다.

『아아, 저기, 딱히 말꼬리를 잡은 건 아닌데. 그, 「쭉쭉」과 「쮸쮸」로는, 의미가 크게 바뀌어 버린달까…….』

『……「쮸쮸」는 따로 의미가 있다는 뜻인가요?』

『그래, 맞아.』

『무슨 뜻인가요?』

과연 가르쳐줘야 할까?

무언가, 부당하게 화낼 것 같은 기분이 들었다.

한순간 나는 망설였지만 앞날을 위해서 알려줘야 하겠지.

인상에 남을 만큼, 실수하지 않을 테고.

쮸쮸는 영어로 뭐라 하더라?

가슴은 chest지만, 그런 뉘앙스가 아니니까…….

"tits일까?"

내가 그렇게 대답하자 릴리가 굳었다.

조금씩 하얀 피부가 점차 붉게 물들었다.

그리고 릴리는 자신의 가슴을 양손으로 감추었다.

『먹으면, 안 돼요! 소—타는 엉큼해요!』

"네가 한 말이잖아……."

"맛은, 어떤가요?"

"맛있어. 역시 대단해."

맛은 친숙한, 평범한 오므라이스였다.

요컨대 맛있다.

"당연해요."

내 말을 듣고 릴리는 의기양양한 얼굴로 가슴을 폈다.

무심코 가슴에 시선이 가버릴 것 같아서 나는 황급히 오므라이스 쪽으로 시선을 옮겼다.

아까 전의 「쮸쮸 드세요」라는 말이 귀에서 떠나가지 않았다.

"맛은, 완벽하네요."

릴리 또한 자신의 오므라이스를 먹으면서 그렇게 말했다.

『맛은』이라고 하는 것을 보니 그 밖에 다른 점은 불만이 남은 모양이다.

확실히 릴리가 먹는 오므라이스는 조금 형태가 무너졌다.

"무언가, 개선점, 있나요?"

"개선점이라……."

릴리는 자신의 요리가 불완전하다고 생각하는 모양이다.

여기에서는 「완벽해」라고 칭찬하기보다는 지적하는 편이 좋겠지.

애당초 맛은 딱히 문제가 될 것이 없고.

겉모양도 내가 먹는 오므라이스는 예쁘고…….

"나였더라면 맛국물을 더했으려나."

"수프, 말인가요?"

"맞아. 진한 게 아니라, 콩소메를 녹이기만 한 걸 말이야."

콩소메 큐브를 냄비에 녹여서 오므라이스에 쓴 양파라도 적당히 넣어 두면, 그럴싸한 것이 완성된다.

개인적으로는 어떤 음식이든 무언가 맛국물을 넣는 쪽이 목넘김이 좋은 것 같다.

"그럼, 다음부터, 그렇게 할게요."

"여유가 있을 때 하면 좋다고 생각하지만."

가정 요리란 어느 정도 대충 만드는 것이라고 생각한다.

매일 품을 들여서 만들면 피곤해지고 만다.

내가 그렇게 전하니 릴리는 알았다고 주장하는 양 크게 고개를 끄덕였다.

『있는 음식을, 재빠르게, 그럭저럭 맛있는 요리를 만들 수 있어야 제구실을 해내는 거라고 어머님께 배웠어요.』

제구실을 해낸다니…….

어학 유학하러 왔다는 귀족 영애에게 뭘 가르치는 건지.

"앞으로도, 힘내겠어요. 기대, 하세요."

"어어…… 응."

집안일뿐만이 아니라, 어학도 힘내야 한다?

식후에 뒷정리를 마친 우리는 교대로 샤워했다.

내가 먼저 들어가고 릴리가 나중에 들어갔다.

소파에서 휴대폰을 만지작거리고 있는데 뒤에서 목소리가 들려왔다.

"다 했어요."

릴리는 수건으로 머리카락을 닦으면서 탈의실에서 나왔다.

입은 옷은 평소의 네글리제였다.

청초한데 야하게도 느껴지는 점이 신기했다.

"소—타."

"……왜?"

릴리는 내 바로 옆에 앉았다.

여전히 거리가 가깝다.

"묻고 싶은 게, 있어요."

릴리는 정색하는 표정으로 나와의 거리를 더 좁혔다.

여전히 예술품처럼 단정한 얼굴이었다.

보석처럼 푸른 눈동자가 나를 바라보자 무심코 긴장하고 말았다.

"뭐, 뭘까요?"

"소—타는, 저를……."

릴리는 거기까지 말하다가 말이 없어졌다.

거기에서 말을 끊지 말라고. 신경 쓰이잖아.

『소―타의 어머님은 늘 늦게 돌아오시죠?』

릴리는 영어로 언어를 전환했다.

일본어로 뭐라고 하면 좋을지 몰랐던 것일까?

「저를」의 뒤에 이어지지 않는 말 같은 느낌도 들지만…….

『어째서인가요? ……돈이 궁한 것처럼 보이지는 않는데요.』

우리 집은 일반적으로 보면 유복한 부류에 들어갈 것이다.

자식을 어학 유학 보낼 정도로는 어머니에게 수입이 있다.

그만한 수입이 있는데 쉬지 않고 일하는 것이 릴리에게는
신기하게 보였으리라.

『일이 바쁘니까…… 그런 것보다는, 좋아하기 때문일까? 저
래 보여도 사장이니까.』

일이 취미 같은 사람이다.

집에 있는 것보다 회사에 있고 싶은 것이겠지.

『그렇군요. ……또 하나, 물어봐도, 되나요? 그게, 혹시, 불쾌
하게 느낄지도 모르겠지만…….』

『아버지는 어쩌고 있느냐고?』

내가 쓰게 웃으면서 말하니 릴리는 묘한 표정을 띠었다.

역시 신경 쓰이겠지.

릴리에게 미리 말해뒀어야 할지도 모른다.

『이혼했을 뿐이야. 팔팔해.』

『……이혼, 인가요.』

릴리는 심각한 음성으로 중얼거렸다.

너무 심각한 태도를 보이니 웃음이 나고 말았다.

『지금도 가끔 연락을 취하고, 만날 때도 있어. 사이는 좋아. 어머니하고는, 삶의 방식이 맞지 않았을 뿐이야.』

『그, 그런가요?』

『다음에, 기회가 생기면 소개할게.』

결코 거북한 관계는 아니라 가볍게 만날 수 있는 관계라는 사실을 은연중에 전하자, 릴리는 마침내 안도하는 표정을 띠었다.

"아버님을, 뵐 수 있기를, 기대할게요."

"어, 아아……, 응."

……내 아버지라는 뜻이겠지?

아버지까지 『아버님』이라고 부를 생각은 아니겠지?

※

5월 대형 연휴 중.

나는 릴리와 함께 도쿄 관광을 하러 왔다.

관광이라고 해도 숙박하는 것이 아니라 당일치기의 삭은 여행이다.

연휴 중에 작은 여행을 반복해서 도쿄의 유명한 관광지나

맛집을 안내할 예정이다.

기념비적인 첫 장소는——.

"이게, 카미나리몬, 인가요! 멋지네요!!"

릴리는 센소지의 대문이자 아사쿠사의 상징물 겸 관광 명소인 카미나리몬을 올려다보며 감탄 어린 소리를 질렀다.

그렇다, 우리가 방문한 곳은 도쿄에서 가장 오래된 사찰인 센소지였다.

『멋진 디자인이네요!!』

릴리는 흥분한 기색으로 사진을 찰칵찰칵 찍고 있었다.

일본인에게도 인기 있는 관광지니까 기뻐해 주리라고 생각했지만 예상보다도 더 기뻐했다.

분명, 일본인에게는 알 수 없는 이국정서를 느끼는 것이겠지.

『사진 찍어요!』

릴리가 내 팔을 잡아당겼다.

"자, 기다려, 릴리. 그 전에 옷 갈아입자."

"……옷 갈아입어요?"

"일본 전통복으로 갈아입을 수 있는 서비스를 예약했어. 모처럼 왔으니, 그러면 더 기분이 나잖아?"

사소한 깜짝 이벤트이다.

내 제안을 듣고 릴리는 눈을 크게 뜨더니 작게 고개를 끄덕였다.

"알겠어요."

그렇게 해서 예약했던 대여점으로 향했다.

다양한 일본 전통복 중에서 릴리가 고른 옷은…….

"어떤, 가요?"

모던풍 여성용 하카마였다.

위는 고급스러운 느낌이 드는 삼잎 무늬 보라색.

아래는 녹색 자수를 넣은 하카마.

머리카락은 반을 올려서 붉고 커다란 리본으로 묶었다.

처음에는 너무 차분한 색조가 아닌가 싶었지만 그것이 오히려 입은 본인을 돋보이게 했다.

릴리에게서 무척 화려한 인상을 받았다.

……어쩐지 살짝 졸업식 느낌이 나는 것 같은 기분이 들었는데 개인적으로는 마음에 들었다.

참고로 나도 릴리에 맞춰서 하카마를 입었다.

『잘 어울려. 굉장히 귀엽고, 무척 예뻐.』

영어로 그렇게 전하자 릴리는 부끄러운 듯이 고개를 돌렸다.

그리고 작게 콧소리를 냈다.

『……당연해요. 당신이 입어 주기를 바라니까, 입어 준 거예요. 좀 더, 감사하세요.』

부탁한 기억은 없는데…….

아니, 분명 제안한 건 나지만.

『나를 위해서 입어줘 고마워, 릴리. 너처럼 아름다운 여성의 일본 전통복 차림을 볼 수 있어서, 무척 기쁘게 느껴. 세상에서 가장 멋진 여성과 만나서, 그리고 이렇게 지낼 수 있는 건, 내 인생 중에서 최대의 행운이자 행복이야.』

모처럼이니 극구 칭찬해 줘야지.

그런 장난기도 있어서 나는 스스로도 말이 지나치지 않을까 생각할 만큼 릴리를 추켜세웠다.

그러자 릴리의 얼굴은 순식간에 새빨갛게 물들었다.

그리고 고개를 숙였다.

『이, 이런 곳에서, 말이 지나쳐요…….』

릴리는 잠시 머뭇거리고 나서 마침내 고개를 들었다.

그리고 나에게서 시선을 피하면서 속삭이듯이 툭 말했다.

"소—타도, 멋져요."

"고마워."

빈말이겠지만 이럴 땐 솔직하게 받아들여 주자.

옷을 다 갈아입은 우리는 다시 카미나리몬으로 향했다.

휴대전화 카메라를 이용해서 셀카를 찍었다.

"좀 더, 다가와, 주세요."

"꽤 가까운데……."

이미 릴리와는 어깨가 닿을 만큼 거리가 줄어들었다.

하지만 릴리는 휴대폰을 들면서 내 팔을 자기 몸으로 끌어당겼다.

머리카락에서 좋은 향기가 물씬 감돌았다.

"좀 더, 예요."

위팔에 릴리의 부드러운 가슴이 닿았다.

릴리에게 지적하고 싶었지만 내가 의식한다고 여겨지기 싫어서 그럴 수 없었다.

이러쿵저러쿵하는 사이에 사진을 다 찍었다.

"그럼, 가요."

릴리는 그렇게 말하면서 내 옷소매를 움켜쥐고서 꾹꾹 잡아당겼다.

카미나리몬을 지나 센소지의 입구에서 본당에 이르기 전의 길 양옆으로 펼쳐진, 일본에서 가장 오래된 상점가인 나카미세 도리에 들어갔다.

그곳에 들어가자마자 릴리는 코를 킁킁거렸다.

"맛있는 냄새가 나요!"

센소지라고 하면 당연히 카미나리몬이나 본당도 유명하지만 먹거리도 관심사 중 하나이다.

분명 릴리는 마음에 들어 하리라고 생각했다.

릴리는 곧바로 내 옷소매를 잡아당겨 가게를 손가락으로 가리켰다.

"저거, 먹고 싶어요!"

그것은 닌교야키 전문점이었다.

모처럼이라면 유명한 가게에 가려고 했지만…… 눈에 띄인 곳에 가는 것도 먹부림의 묘미이리라.

갓 구운 것을 구입해 서서 먹을 수 있는 곳에서 입에 가져다 댔다.

"어때?"

"맛있어요. 좋아하는, 맛이에요."

릴리는 눈을 가늘게 뜨고서 행복한 표정으로 그렇게 말했다.

릴리가 말하는 「좋아하는 맛」은 「맛있다」라는 뜻이다.

마음에 든 모양이다.

그 후 릴리는 새로운 음식을 찾아낼 때마다 눈을 반짝반짝 빛냈다.

그리고 그 음식을 입에 넣을 때마다 눈빛이 황홀해졌다.

보는 이쪽이 행복해질 만한 그런 표정이었다.

"다음은, 저쪽이에요!"

"그래, 그래."

내 옷소매를 잡아당기는 릴리에게 이끌려 여러 가게에서 음식을 사서 차례차례 먹었다.

즐거워 보여서 다행이긴 한데 너무 서두르다가는 넘어진다고.

『앗!』

릴리에게 경고하려던 순간 릴리의 균형이 무너졌다.

나는 황급히 릴리를 잡아당겨서 끌어안았다.

"괜찮아?"

『……네. 죄송해요.』

릴리는 희미하게 붉어진 얼굴로 고개를 끄덕였다.

너무 들뜬 나머지 넘어질 뻔해서 부끄러웠던 걸까?

『이거, 조금, 걷기 힘들어서…….』

릴리는 얼버무리듯이 짚신으로 시선을 떨어뜨렸다.

짚신 같은 것은 처음 신었을 테니 당연히 걷기 힘들 것이다.

"손, 잡을까?"

다음에 릴리가 넘어질 뻔할 때도 일으켜 줄 수 있도록 나는 그렇게 제안했다.

그러자 릴리는 눈을 크게 떴다.

『……네? 자, 잡고 싶은, 가요?』

릴리는 머뭇거리는 표정으로 내게 그렇게 물었다.

손잡기 싫은가?

역시 친구라고는 해도 이성끼리 손을 잡는 건 이상한가.

"아니, 그런 건 아니지만…… 위험하니까. 잡는 쪽이 안전할 거 같아서."

내가 그렇게 변명하니—.

『그런가요.』

릴리는 언짢게 콧소리를 냈다.

토라진 것 같은 표정을 짓고 있었다.

『딱히, 저도 잡고 싶은 건, 아니니까요. ……소─타가 무슨 일이 있어도 잡고 싶다고, 부탁한다면 잡아 주지 않을 것도 없지만요. 제가 부탁하지는, 않으니까요.』

"어, 아아……. 응, 그, 그래?"

그렇게 잡기 싫었던 건가……?

살짝 마음에 상처를 입는데.

『……소매 정도라면, 잡아 줄게요.』

내가 조금 침울해져 있자 릴리는 내 소매를 붙잡으면서 그렇게 말했다.

……조금 복잡한 기분이다.

『자, 가요. 저걸 먹어요!』

"그래."

그날, 릴리는 계속 내 옷소매를 붙잡고 있었다.

※

"아사쿠사, 즐거웠어요. 어느 것이나, 무척, 맛있었어요."

아사쿠사에서 돌아오는 길.

릴리는 배를 문지르면서 그렇게 말했다.

만족스러운, 행복해 보이는 표정이었다.

……이 모습을 보니 어설픈 관광지에 안내하기보다도 먹거리를 중심으로 도는 쪽이 즐거울지도 모른다.

『영국 영애 흥청망청 먹부림 기행.』

그런 제목이 떠올랐다.

"내일은 츠키지 장외 시장에 갈까?"

"츠키지 장외 시장?"

『츠키지라는 곳에 있는, 마켓이야. 유명한 먹거리 스팟이지.』

그곳도 릴리라면 마음에 들어 하겠지.

양손에 음식을 든 릴리의 모습이 눈에 선하다.

"먹거리!"

아니나 다를까, 릴리는 눈을 반짝거렸다.

하지만 금세 일부러 그러는 양 헛기침을 했다.

『말해두겠는데, 음식만 끌리는 건 아니에요. 물론, 음식도 맛있지만…… 그걸 포함해, 거리라든가, 이국정서에 끌리는 거예요. 착각하지 말아 주시겠어요?』

새빨간 얼굴과 재빠른 영어로 릴리는 떠들어댔다.

딱히 음식에만 집중하라는 말은 안 했는데…….

"나도 알아. 츠키지 장외 시장도 이국정서가 흘러넘치는 곳이야."

물론 나는 일본인이라서 이국정서를 느끼지는 않지만…….

복고풍 분위기는 느낄 수 있을 것이다.

영국인인 릴리 입장에서는 신선하게 보이리라.

『호, 흐응. 그런가요. ……그런데, 어떤 음식이 있나요?』

"뭐든지 있는데. 뭐, 해산물이 메인이려나?"

『해산물?! ……기대할게요.』

릴리는 싱글거리는 입매로 그렇게 말했다.

내일도 흥청망청 먹부림 여행이 될 것 같다.

어떤 음식이 있는지 사전에 조사해 둬야지.

내가 그렇게 생각하고 있는데…….

"잠시 시간, 괜찮으신가요?"

등 뒤에서 누군가가 말을 걸어왔다.

뒤를 돌아보자 거기에는 카메라와 마이크가 있었다.

텔레비전 방송국 취재였다.

※

이사쿠사 관광에서 돌아오는 길.

나― 아멜리아 릴리 스태퍼드가 『츠키지 장외 시장』이라는
곳을 떠올리고 있었는데…….

『잠시 시간, 괜찮으신가요?』

누군가가 일본어로 말을 걸어왔다.

카메라와 마이크가 내게 향해져 있었다.

……텔레비전 방송국 취재?

나를? 왜?

『뭔가요?』

소우타가 쓱, 물 흐르는 것 같은 동작으로 내 앞에 섰다.

마지 나를 보호하듯이.

……조금 기쁘다.

『저희는 이런 방송을 만드는데요…….』

텔레비전 방송국 사람이 명함을 내밀며 이것저것 설명하기 시작했다.

아무래도 일본에 온 외국인에게 「무엇을 하러 왔는지」 인터뷰하는 방송인가 보다.

『아아, 저기…….』

소우타의 얼굴에 납득의 빛이 떠올랐다.

나는 잘 모르지만 소우타는 어떤 방송인지 아는 모양이었다.

유명한 방송인 걸까?

『당신은 일본 분이신가요? 젊으시네요. 학생분?』

『네, 뭐…… 고등학교 2학년입니다.』

『그쪽 아가씨는요? 두 분이 어떤 사이신지?』

두근.

나도 모르게 심장이 뛰었다.

소우타는 나를 뭐라고 설명할까?

답을 듣기가 조금 무서웠다.

물론 카메라 앞이니 그게 소우타의 진심이라고 단정 지을 수는 없지만…….

『여성 친구예요. 일본에 어학 유학하러 왔어요.』

여성 친구…….

여성…… 친구?!
<small>girl</small> <small>friend</small>

나는 얼굴을 뜨거워지는 감각을 느꼈다.

소우타도 참…….

카, 카메라 앞에서, 그렇게, 대담하게…….

하지만 역시 소우타는 나를 연인이라고 생각하는 모양이다.

생각해 보면 당연했다.

왜냐하면 우리는 이렇게 사이가 좋고 러브러브 하니까.

에헤헤.

결혼식은 언제 올릴까?

신혼여행은 어디로 가지?

아이는 몇 명 만들까?

역시 럭비팀을 만들 수 있을 만큼…….

『그래서, 취재는 어떠신가요?』

"……릴리, 어쩔래? 텔레비전 방송국 취재, 받을래?"

소우타가 그렇게 물어서 나는 제정신을 차렸다.

솔직히 매스미디어를 그리 좋아하지는 않는다.

이것저것 귀족(우리들)의 사생활을 캐내려 들어서 짜증 나는 구석이 있다.

하지만 오늘 나는 기분이 좋다.

대답 못 해줄 것도 없지.

『좋아요.』

나는 일본어로 대답했다.

『고맙습니다! 그럼, 곧바로. ……당신은 일본에 뭐 하러 왔나요?』

나는 대답했다.

『신부 수업이에요.』

※

"신부 수업이에요."

"……네?"

릴리의 엉뚱한 대답을 듣고, 텔레비전 리포터가 놀라서 굳어 버렸다.

이거, 생방송이라면 방송사고라고.

"이 애는 일본어를 배운 지 얼마 안 돼서…… 어학 유학하러 왔습니다."

나는 황급히 수습에 들어갔다.

부탁이니까 이 부분은 편집해 줬으면 좋겠다.

"그, 그렇군요. ……성함은요?"

"아멜리아 릴리 스태퍼드입니다. 영국에서 왔어요."

"영국. 흐음, 영국에서 오셨군요! 일본어를 잘하시네요!"

"그 정도는 아니에요."

흐흥, 소리를 내며 릴리는 득의양양한 표정을 지었다.

이상해질 뻔했던 분위기가 풀렸다.

"어학 유학이라면 홈스테이하시나요?"

"네. 그의, 집에서, 홈스테이, 하고 있어요."

"흐음. 사이가 좋으시네요?"

"네. 러브러브 해요."

"이봐, 릴리……."

이상한 말을 하지 마.

오해를 사잖아!

"두 분이 만나게 된 계기는요?"

"작년, 소─티…… 그가, 영국에, 유학하러, 왔어요. 거기서, 만났어요."

"영국에서요? 그렇다면, 혹시 이분을 따라서 일본에 왔다는 뜻인가요?"

"뭐, 그런 느낌이에요."

……릴리, 무슨 뜻인지 알고서 대답하는 거야?

아는 척하고서 대충 대답하는 거겠지.

"지금은 데이트하고 돌아가는 길인가요?"

"그러네요."

"어디까지 가셨나요?"

"아사쿠사예요."

"아사쿠사! 그거 좋네요. 음식은 많이 드셨나요?"

"네, 쮸쮸, 먹었어요."

"……쮸쮸?"

최악의 타이밍에 최악의 실수를 했구나…….

"쭉쭉, 이겠지?"

나는 수습에 들어갔다.

실수를 깨달은 릴리는 뺨을 붉히며 헛기침했다.

"살짝, 잘못 말했어요. 커트, 해주세요."

"아, 네."

리포터는 쓰게 웃으면서 말을 이었다.

"내일은 어디로 가시나요? 계획은 있나요?"

"츠키지 장외 시장? 그곳에 데려가, 준댔어요."

"츠키지인가요! 거기도 먹거리로 유명하죠."

"그런가 보네요. 기대돼요."

……대체 뭘까?

가슴이 술렁거렸다.

"어떤가요? 내일, 두 분의 데이트를 밀착 취재할 수 있을까요?"

"좋아요."

"잠깐, 기다려."

나는 황급히 대화에 끼어들었다.

밀착 취재? 농담이 아니야!

"뭔가요?"

"그것만큼은 좀 봐줘."

이만큼 짧은 취재 사이에 다양한 오해를 불러들일 우려가 있는 의미 모를 발언을 늘어놓았다.

하루 종일 취재당하면 릴리가 무슨 말을 흘릴지 모른다.

이것저것 잘라 붙여서 있지도 않은 일이 전국에 방송되면 곤란하다.

"뭐 어때요. 하루, 쯤은"

"릴리, 나는 너와, 단둘이 지내고 싶어."

나는 릴리의 손을 잡고서 눈을 물끄러미 바라보았다.

제발 부탁이야!

"그, 그런가요……?"

릴리는 부끄러운 듯이 머뭇거렸다.

그런 다음 리포터를 향해 방향을 틀었다.

"죄송, 합니다. 그가, 단둘이, 좋대요. 취재는, 없어요."

"그런가요……. 데이트를 방해해서 죄송합니다."

"아뇨. 신경 쓰지 마세요. 즐거웠어요."

"그럼, 행복하시길!"

이리하여 텔레비전 방송국 취재는 끝났다.

역시나 이 내용으로는 폐기겠지.

……폐기되겠지?

제발 폐기돼라.

훗날.

그 방송에서 우리는 「국제 러브러브 고등학생 커플」로 전국에 방송되었다.

웃기지 말라고.

거짓 뉴스잖아!!

※

방송일 다음 날.

"아, 국제 러브러브 고등학생 커플이잖아."

"진짜 죽는다."

나는 곧바로 놀려오는 미사토를 노려보았다.

미사토는 깔깔 큰소리로 즐겁게 웃었다.

"뭐 어때. 나쁘게 소개되지 않았고. 인터넷에서도 호평인 모양인데? 이거 봐.”

미사토는 그렇게 말하면서 휴대폰 화면을 나에게 보여주었다.

거기에는 인터뷰를 받는 나와 릴리 두 사람의 모습이 비치고 있었다.

릴리의 「신부 수업이에요」도 완벽히 비치고 있었다.

『아멜리아는 미소녀 영국인 여고생으로 인기가 많아.』

“당연, 해요.”

릴리는 어째서인지 자랑스레 가슴을 폈다.

자기 얼굴이 인터넷에 유출돼도 괜찮은 건가…….

귀족 영애이니 익숙한 걸까?

“소우타도 미남 남친으로, 좋게 받아들여지고 있어. ……살짝 질투를 사기도 하지만.”

─너무 부럽다.

─영국 유학을 하면 미소녀 여친이 생긴다는 게 진짜야?!

─나, 영국 좀 다녀올게.

─영원히 폭발했으면 좋겠다.

거기에는 그런 댓글이 달려 있었다.

“시청률도 좋았던 모양이네. 베스트 컬렉션에 들어갈지도 몰라.”

“그만둬. 부탁이니까.”

지금부터 클레임을 넣으면 어떻게 되지 않을까?

……인터넷에 나돈 만큼, 어떻게도 안 되나.

"괜찮아, 괜찮아. 인터넷 밈이라도 되지 않는 한, 다들 잊을 거야."

"그게 걱정돼……."

릴리의 비주얼과 「신부 수업이에요」의 임팩트가 너무 대단하다.

……하지만 거기까지라면 내 얼굴은 나돌지 않을 테니 괜찮은가.

릴리의 임팩트에 가려져 내 인상이 흐릿해지기를 기도하자.

"아아, 맞다. 화제를 바꾸겠는데."

"뭐야?"

"오늘 집에 자러 가도 돼?"

"오려거든 오지 그래? 허가 받을 필요는 없어."

"……네?"

릴리가 화들짝 놀라서 고개를 들었다.

그 애는 놀란 기색으로 눈을 크게 뜨고 있었다.

그렇게 놀랄 일인가?

"미사토가, 집에 자러? ……뭐, 뭔가요? 허가, 필요 없다니."

"그야……."

"우리가 친하니까."

미사토는 나보다 먼저 대답을 입에 담았다.

그리고 내 팔을 감고서 히죽 웃음을 띠었다.

"알았어? 연 · 인 · 씨?"

"무슨!!"

릴리는 무시무시한 형상으로 미사토를 노려보았다.

그리고 영어로 호통을 쳤다.

『웃기지 마세요!!』

연인 취급을 당한 것 가지고 그렇게 화내지 마…….

※

방과 후.

"다녀왔어요!"

"어머, 어서 오렴!"

나는 미사토와 함께 집으로 들어갔다.

어머니는 오랜만에 미사토를 만나서 기뻐 보였다.

『다녀왔어요는 뭔가요. 허물없이 굴긴……!』

한편, 릴리는 무언가 심기가 불편했다.

미사토가 집에 오는 것이 그렇게나 싫은가……?

그야 싫겠지.

릴리는 낯을 가리니까.

그 마음은 모를 것도 없었다.

나도 미사토가 집에 친구를 데려올 때는 썩 좋은 기분이 들지 않았다.

더군다나 그 친구가 집에서 자게 되었을 때는 답답한 기분이 들었던 것도 기억한다.

예전 이야기지만…….

릴리도 그와 마찬가지인 거겠지.

"네, ……이거 전에 말했던 거예요. 녹화한 거, 옮겨뒀어요."

"고맙구나. 소우타도 참, 내가 보기 전에 삭제해 버렸지 뭐니. 너무하지?"

……그렇구나, 이걸 주려고 온 건가.

좋아, 나중에 파괴해 줘야지.

"내 요리는 어때, 아멜리아?"

"……그럭저럭이에요."

미사토가 만든 햄버그를 먹으면서 릴리는 분한 음성으로 그렇게 말했다.

자기가 만든 것보다도 맛있었겠지.

애당초 미사토 쪽의 요리 경력이 길다.

요리로 미사토가 릴리에게 지는 쪽이 문제이리라.

……하지만 어째서 릴리는 미사토와 그렇게 대항하는 거지?

테니스 대결의 영향이 남은 걸까?

저녁 식사 후.

뒷정리를 마치고 미사토는 릴리에게 시선을 보낸 뒤 내 손을 잡아끌었다.

"모처럼이니, 오랜만에 같이 목욕할래?"

그리고 커다란 목소리로 그렇게 말했다.

이 녀석은 무슨 소리를 하는 거지?

"할 리가 없잖아."

"하지만 소우타 넌 스스로 머리카락을 못 감잖아?"

언제 적 얘기를 하는 건지.

뭐, 농담이겠지만…….

"그럼 머리카락을 감겨달라고 하면 정말로…….'"

같이 할 거야?

그렇게 농담으로 받아치려고 했을 때였다.

『안 돼요!!』

릴리는 영어로 외치면서 나와 미사토의 손을 억지로 떼어 놓았다.

그리고 벌레를 내쫓듯이 미사토를 떨쳐냈다.

『혼자서 하세요!』

"농담이라니까, 정말…… 진심으로 받아들이지 마."

『소―타도 문제예요! 대체 무슨 소리를 하는 건가요!!』

"아니, 나도 농담이고. 애당초 머리카락을 못 감는 일은…….'"

내가 쓰게 웃으면서 『농담』이라는 사실을 전달하려 하자, 릴리는 그 말을 가로막듯이 외쳤다.

『미사토에게 부탁하지 않아도, 제가 있잖아요!』

응……?

『제가 같이 목욕할게요. 머리카락, 감겨 줄게요.』

릴리는 새빨개진 얼굴로 말했다.

그리고 내 팔을 움켜쥐더니 강하게 잡아당겼다.

『자, 들어가요!』

『잠깐, 진정해, 릴리.』

『미사토하고는 같이 해도, 저하고는 같이 못 하는 건가요?!』

『미사토하고도 같이 안 해.』

『하지만, 예전에는 같이 했잖아요?』

『오래전이니까. 초등학생 때라고.』

『……괜찮아요, 다 알아요. 일본에는 알몸으로 친해지는 문화가 있다는걸요. 따, 딱히 같이 들어간다고 해서, 당신을 좋아하는 건 아니니까요? 차, 착각하지 마세요. 단순한, 이문화 이해예요.』

『릴리, 잠깐, 내 말 좀 들어! 일본에서도 보통은 남녀가 같이 목욕은 안 해!』

『하지만 미사토와 함께…….』

『그러니까 그건 초등학생 때라고. 게다가 우리는…….』

당장에라도 욕실에 나를 데리고 들어가려고 하는 릴리를 말린 것은―.

"그럼 아멜리아. 나랑 같이 알몸으로 친해질래?"

미사토의 그런 말이었다.

릴리의 움직임이 멈췄다.

"⋯⋯무슨, 뜻, 인가요?"

"말 그대로인데? 같이 목욕하자. 여자끼리, 이것저것 하고 싶은 말도 있잖아?"

미사토의 말을 듣고 릴리는 아주 잠시 생각에 잠긴 기색을 보였다.

그리고 마침내 내 팔에서 손을 뗐다.

"⋯⋯좋아요."

아무래도 나와 같이 들어가기를 포기한 모양이다.

내가 안도해서 한숨을 돌린⋯⋯ 것도 잠시.

"⋯⋯소―타."

"뭐, 뭔데?"

릴리가 내 쪽으로 방향을 틀었다.

설마 셋이서 같이 들어가자는 말을 꺼내지는 않겠지⋯⋯?

『아, 아까 전에, 조크이니까요. 브리티시 조크예요. 지, 진심으로, 다, 당신과 같이, 모, 목욕하려는 생각은, 안 했으니까요. 당신에게라면, 살결을 보여도 된다는 생각은, 안 했으니까요! 결혼할 때까지, 그러면 안 되니까요! 차, 착각하지 마세요!!』

빠른 영어로 떠들어댔다.

반쯤은 무슨 말을 하는지 몰랐지만…….

일단 『조크』와 『착각하지 마』까지는 알아들어서 대강 뉘앙스는 파악했다.

아까 전에 한 말은 농담이었다는 그런 뜻이겠지.

……물론 나도 농담이라고 생각했어.

릴리가 나와 같이 목욕하려 들 리가 없으니까.

……나도 하고 싶다고는 생각은 전혀 안 했다.

정말이라고.

"자자, 아멜리아. 같이 들어가자."

"아, 잠깐. 밀지 마세요."

미사토는 릴리의 어깨를 밀면서 탈의실로 들어갔다.

마침내, 이로써 진정할 수 있다.

"자, 옷, 벗어……. 와아! 아멜리아, 여전히 야한 걸 입었구나!"

"과장이 심해요. 이 정도는, 보통, 이에요."

"아니, 하지만 엉덩이 부분이 비쳐 보이는데…… 누구한테 보여주려고? 역시, 소우타야?"

『안 보여줘요! 당신도 벗지 그러세요?』

"아멜리아도 참 성급하네. 그렇게 내 속옷을 보고 싶어? ……어때?"

"괜찮은 거 같은데요?"

"대응이 매정하네……. 좀 더, 뭔가 없어."

"매정……? 별로, 흥미, 없어서요."

"그나저나, 아멜리아는 피부도 깨끗해……. 와아, 매끈매끈하네! 그거, 타고난 거야? 아니면 다듬은 거야?"

『커다란 목소리로 말하지 마세요! 소, 소─타에게 들려요!』

『괜찮다니까. 이 정도쯤은 안 들려.』

……들린다고.

※

입욕 중.

"영국인은 욕조에 들어가?"

나는 아멜리아에게 이야깃거리가 될 만한 화제를 던져 보았다.

서양에서는 욕조에 그다지 몸을 담그지 않는다.

애당초 샤워도 안 하는 사람이 있다고 들은 적이 있으니까, 예상은 할 수 있지만…….

"그다지 안 들어가요."

"그렇구나. ……일본의 목욕은 어때?"

"싫지 않아요. 가끔이라면, 좋아요."

아무래도 매일 욕조에 몸을 담그지는 않나 보다.

생각해 보면 소우타도 매일 욕조에 몸을 담글 만한 타입은
아니다.

그렇다 해도 아멜리아는 샤워는 매일 하는 모양이다.

「소―타에게, 미움받기, 싫어서요」라는 모양이다.

"아멜리아한테서는 좋은 냄새가 나는데, 무슨 냄새야? 샴푸
는 평범한 모양인데……."

"향수, 예요."

"흐음, 향수라. 난 그런 걸 써본 적이 없지. ……나한테 보여
줄 수 있어?"

"좋아요."

생각보다도 순순한 대답이 돌아왔다.

소우타와 관련되지 않는다면 솔직하고 좋은 아이인 것이
겠지.

"저기 있잖아, 아멜리아. 아까 전 질문 말인데, 해도 돼?"

"……아까 전?"

"아래의 그거, 원래 그래? 아니면 제모했어?"

"하아."

내 물음을 듣고서 아멜리아는 기막힌 표정을 지었다.

역시, 가르쳐 달라고…….

『의료 탈모예요.』

가르쳐줬다.

의외다.

『쾌적해요. 당신도 하면 어떤가요? 일본에도 있죠?』

"생각해 본 적도 있지만, 아플 것 같은걸. 게다가 대중목욕탕 같은 데 들어갈 때, 조금 부끄러울 것 같아서."

『당신에게도 부끄러움이라는 감정이 있군요.』

"그건 아무리 뭐라 해도 실례 아니야?"

『……그런데, 어째서 대중목욕탕에 들어갈 때 부끄러운가요? 반대 아닌가요?』

아멜리아는 내 물음을 무시하고 질문해 왔다.

나는 조금 생각하고 나서 대답했다.

"일본에서는 자연 그대로가 평범하니까."

『……그런가요.』

아멜리아는 조금 놀란 기색으로 눈을 크게 떴다.

그리고 나서 골똘히 생각에 잠긴 표정을 지었다.

『소—타도, 자연 그대로를 좋아할까요……?』

아멜리아는 불안한 음성으로 중얼거렸다.

의료 탈모라면 두 번 다시 털이 나지 않겠지.

어떻게 격려해 줄까…….

역시나 그런 것까지는 모른다.

으음, 하지만 소우타는 그런 것을 신경 쓰는 타입은 아닐 테니…… 상관없나!

"소우타는 매끈매끈한 걸 좋아해."

『그, 그런가요? 그럼, 다행이에요. ……아뇨, 딱히 소―타를 위해서가 아니라, 저를 위해서 한 거거든요. 소―타의 취향 같은 건, 아무래도 좋지만요.』

기운이 난 모양이다.

「왜 그런 것까지 아시나요?」라고 묻지 않아서 살짝 안심했다.

사실은 모르는걸.

나중에 소우타랑 말을 맞춰둬야지.

소우타의 취향이라고 하니…….

"그렇지. 다음에 소우타의 입맛을 가르쳐 줄까?"

내 제안을 듣고 아멜리아는 눈을 휘둥그레 떴다.

그리고 작게 콧소리를 내며 얼굴을 돌리고 말았다.

어? 생각했던 거랑 다른 반응이다.

『됐어요. 요리는 어머님께 배우고 있으니까요. 소―타도, 어머님의 요리 쪽을 좋아할 거예요.』

엄마의 맛이 넘버원이다.

그런 이론인가.

으음, 이해 못 할 것도 없지만…….

"과연 어떨까? 그 사람, 조잡한 점도 많으니까. 소우타도 먹다가 질렸겠지."

"……."

"게다가 맛을 베끼기만 해서야, 그 이상은 못 되고."

"······."

아멜리아는 내 지적을 듣고 조마조마해하기 시작했다.

한동안 고민한 기색을 보이고 나서 아멜리아는 나에게 물었다.

『목적은 뭔가요?』

"아멜리아랑 친해지고 싶어서."

반쯤 본심이고 반쯤 구실이다.

내가 이 집에 자러 오는 것을 아멜리아가 환영하지 않는 사실은 나도 어렴풋이 안다.

하지만 나는 이 집에 자러 오고 싶고 그럴 때마다 아멜리아와 삐걱거리고 싶지 않다.

『······당신에게 건넬 수 있을 만한 대가는 없는데요?』

혹시 적의 자비를 받고 싶지 않은 걸까?

"향수를 보여주는 답례라고 치면 어때?"

딱히 대가 같은 것은 필요 없지만 그렇게 말해야 아멜리아가 받아들일 것 같았다.

『······좋아요.』

아니나 다를까, 아멜리아는 이해해 주었다.

"그렇다면 또 다음번. 여기로 자러 왔을 때······."

『그건 안 돼요.』

어?

하지만 그렇다면 어디서…….

"제가, 당신 집에, 가겠어요."

아아, 그렇구나.

그러면 내가 소우타에게 다가가는 것을 방지할 수 있나.

조금, 목적과는 달라지고 말았지만…… 아멜리아가 우리 집에 자러 와주는 것도 괜찮다.

……덤으로 소우타도 꼬셔야지.

그 녀석은 우리 집에 전혀 안 오니까.

아빠도 그렇지만…… 남자는 어째서 이렇게 담백한지.

"왜, 웃는 건가요?"

"아핫, 그냥? 좋아. 그러면 다음번에 기회가 있을 때 자러 와줘."

아멜리아와 즐거운 시간을 보낼 수 있어서 다행이다.

하지만 그나저나…….

소우타 녀석, 언제까지 비밀로 하는 걸까……?

비밀로 할 의미도 없는 것 같은데.

그 녀석의 성격으로 봐서 이미 말했다고 생각하는 걸까?

아마 그렇겠지.

어머니를 닮아서 중요한 일을 잊어버리거나, 깜빡 잊고 말 안 하는 타입이니까.

……뭐 재미있으니 상관없지만!

"뭘, 히죽히죽, 하는 건가요? ……기분 나빠요."

"뭔가 좀 떠올라서 웃었어."

※

알몸의 교제는 효과가 있었던 건가?

목욕을 마쳤을 무렵에는 릴리와 미사토가 조금 친해진 것처럼 보였다.

목욕을 끝내고는 어머니도 섞여서 즐겁게 여자끼리 수다를 떨고 있었다.

친숙해져서 다행이라고 생각했다.

……대신 남자인 내가 조금 거북함을 느끼지만.

문제는 취침 시간에 일어났다.

"슬슬 자야……. 아, 나, 어디서 잘까요? 빈방이 없죠?"

미사토는 어머니에게 물었다.

이선에 미사토는 우리 집에 딱 하나 있었던 빈방에서 잤는데 거기는 지금 릴리가 쓰고 있다.

"어머, 그러고 보니 그랬었지. 어디 보자, 내 침실을 쓸래? 난 거실에서 잘게."

"아뇨, 역시나 그러기는 미안하고……."

미사토는 잠시 생각하는 기색을 보였다.

그리고 힐끔 릴리에게 시선을 보냈다.

……릴리에게 같이 자 달라고 부탁하려는 걸까?

"난, 미사토랑, 같이 자도, 상관……."

"그럼 소우타랑 같이 잘까?"

미사토는 웃으면서 내 팔을 잡았다.

"어어…… 덥잖아."

"뭐 어때서. 어릴 적엔 같이 잤는데. 뭐 문제 있어? 우리 사이잖아?"

……아니, 딱히 상관없다고 말하면 상관없지만.

남자인 나와 같이 자기보다는 어머니와 같이 자는 편이 좋지 않나?

『안 돼, 안 돼요!!』

내가 대답하기도 전에 릴리가 사이에 끼어들었다.

릴리는 나와 미사토의 팔을 억지로 떼어냈다.

『미사토가 소—타와 잘 바에야, 제가 소—타랑 자겠어요!』

어쩐지 데자뷔가 느껴지네…….

"아니, 그건 이상하잖아."

『이상하지 않아요!! 미사토는 같이 잘 수 있는데, 저하고는 잘 수 없는 건가요?!』

"어어, 아니……."

그야 그렇겠지.

내가 그렇게 대답하기도 전에 미사토는 웃음소리를 냈다.

"그럼 나랑 소우타랑 아멜리아 셋이서 같이 잘래?"

『……좋아요. 그거라면 허락하겠어요.』

……내 뜻은?

역시나 셋이서 자는 건 좁잖아.

그보다 미사토가 있다고 해도 릴리와 같이 자는 건 문제가 있는 느낌이 드는데…….

내가 반론하려고 한 그때―.

"어머? 그럼 나도 같이 잘까! 넷이서 자자!!"

바보 어머니가 바보 같은 소리를 했다.

그렇게는 안 되겠지.

그리고 30분 후…….

"소―타 옆자리는, 저예요!"

"나도 소우타 옆이네."

"그럼, 나는 미사토 옆으로 할까? 후후, 이런 건 오랜만이네!"

우리 넷은 이불을 깔고서 누웠다.

우리 집에 이불은 두 채밖에 없어서 평범하게 좁았다.

"있잖아 난 내 방에서 자면…….."

"안 돼요."

릴리가 내 팔을 붙들었다.

"소―타는, 제, 옆이에요. 이건, 결정 사항이에요."

릴리는 뺨을 부풀리면서 그렇게 주장했다.

뭔가 이상한 스위치가 들어가 버린 모양이다.

원인은…… 미사토인가?

릴리는 미사토에게 대항하는 버릇이 있다.

미사토가 예전에 나와 같이 잤다는 이야기를 듣고 이상한 대항심을 불태우는 것일지도 모른다.

그런 건 대항할 일이 아닌 것 같은데…….

"그럼 불을 끌게요."

미사토는 반쯤 웃음을 띠면서 불을 껐다.

방이 어둠에 휩싸였다.

옆에서 희미하게 릴리의 숨소리만이 들려왔다.

살짝 맞닿는 피부에서 은은하게 체온이 전해져 왔다.

……조금 가깝지 않나?

"릴리, 좀 더 떨어질 수 없어?"

"무리예요. 아슬아슬해요."

릴리의 숨결이 귓가를 간지럽혔다.

이상한 기분이 들 것만 같았다.

나는 황급히 릴리에게 등을 보였다.

"잘 자."

그렇게 선언하고서 눈을 감았다.

아무래도 긴장하고 만다.

……릴리에 대해서는 잊어버리자.

나는 릴리에게서 등을 보이며 머릿속에서 양을 세었다.

양이 200마리를 넘어 점점 졸음이 쏟아지기 시작한…… 그 때―.

"응……."

등에 무언가 달라붙었다.

따스한 체온과 부드러운 감촉이 느껴졌다.

심장이 철렁 튀어 올라서 눈이 떠졌다.

『소―타…….』

어리광 부리는 듯한, 녹아들 것 같은 목소리가 뒤에서 들려 왔다.

잠꼬대인가…….

『……좋아해요.』

"……어?"

나도 모르게 목소리가 나오고 말았다.

농시에 릴리의 몸이 한순간 굳은 감각을 느꼈다.

설마 깨어 있나?

잠꼬대가…… 아니야?

좋아한다고?

……나를?

나는 긴장하면서 릴리의 다음 말을 기다렸다.

하지만 릴리는 아무 말도 하려고 들지 않았다.

역시 잠꼬대였나?

아니, 그렇다고 해도 숨소리가 이상한 것 같은데…….

기분 탓인가?

"릴리. 혹시 깨어……."

끝내 참지 못하게 된 나는 작은 목소리로 릴리한테 그렇게 물었다.

그러자…….

『모, 못 먹어요. 이, 이제, 배불러요…….』

음식이냐!!

아무래도 좋아한다는 것은 음식이었던 모양이다.

나는 안도해서 가슴을 쓸어내렸다.

※

슬슬…… 잠들었을까?

나, 아멜리아 릴리 스태퍼드는 물끄러미 소우타를 관찰했다.

그는 나에게 등을 보이면서 자고 있다.

자고 있는지 깨어 있는지 판단하기 어려웠다.

아까 전까지는 소우타가 자지 않는다고 생각해서 대담한 고백을 하고 말았다.

엉겁결에 잠꼬대를 한 척해서 얼버무렸지만…….

지금이야말로 괜찮을 것이다.

체감상 두 시간 이상 지났으니까.

미사토도, 어머님도, 잠들었을 것이다.

"소─타……."

나는 잠꼬대를 하는 척하면서 천천히 소우타에게 다가갔다.

그 넓은 등에 내 몸을 맞붙였다.

코끝을 아주 살짝 붙여서 킁킁 냄새를 맡았다.

몸이 어딘가 간질거리는 것 같은 좋은 냄새가 났다.

소우타를 끌어안고 싶어지는 충동에 시달렸다.

자고, 있겠지?

불러도 대답이 없으니.

……깨어 있어도 상관없나.

아까 전엔 얼버무릴 수 있었으니까.

다음에도 마찬가지로 얼버무리면 된다.

"……배, 불러요."

아까 전과 마찬가지로 달라붙었다.

소우타를 부둥켜안으려고 한 그때─.

"응……."

소우타가 몸을 뒤척였다.

나는 숨을 멈추고서 몸을 굳혔다.

소우타의 얼굴이 내 눈앞에 있었다.

숨결이 내 입술을 간질였다.

심장이 터질 것 같을 만큼 두근거렸다.

이, 이거, 슬쩍 키스해도 안 들키는 거 아닌지…….

아니, 그러면 안 되잖아!

난 무슨 생각을 하는 거야!

미혼 남녀가 키스라니…….

그것도 한참 자는 사이, 무방비한 상황에서 몰래 빼앗다니 윤리적으로 허용될 리가…….

아, 하지만 그것을 따지자면 미혼 남녀가 같은 곳에서 자서도 안 되나.

자는 척하면서 슬쩍 부둥켜안는 것도…….

새끼 양을 훔쳐서 교수형에 처하게 될 바에야, 어미 양을 훔치는 편이 낫다는 말도 있고…….

하, 하지만 역시, 같이 자는 거랑 키스는 차이가 너무 크다고 할까.

마, 만약 깨어나면, 얼버무릴 수 없고.

천박하다고 여겨질지도 모르고, 미움을 살지도 모르고.

머릿속에서 사고가 빙글빙글 돌았다.

그러는 사이에…….

"릴리……."

소우타가 움직였다.

그는 천천히 내 몸에 팔을 둘렀다.

나는 저도 모르게 숨을 삼켰다.

강한 힘으로 끌어안겼다.

『아웃……』

정신을 차리고 보니, 나는 소우타에게 끌어안겨 있었다.

붙들리고 말았다.

움직일 수 없다.

저항, 할 수 없다.

『소, 소─타, 깨, 깨어, 있나요?』

나는 작은 목소리로 소우타에게 물었다.

아까 전의 앙갚음을 할 생각일까?

"릴리……, 내 몫, 남겨 줘……. 전부 다, 먹지 마……."

돌아온 것은 잠꼬대였다.

역시 잠들었나?

하지만 얼버무릴 뿐일지도 모른다.

……어느 쪽이든 상관없지만.

나는 소우타의 가슴팍에 얼굴을 묻었다.

그의 심장 고동에 귀를 기울이며, 전해지는 체온을 느끼면서 코로 크게 숨을 들이마셨다.

아아…… 소우타로 가득해…….

나는 행복감 속에서 눈꺼풀을 감았다.

※

아침에 일어났더니 내 품속에 릴리가 있었다.

릴리가 나를 끌어안은 것이 아니라 내가 릴리를 끌어안고 있었다.

"어젯밤은, 격렬했네요."

일어나자마자 붉어진 얼굴로 릴리가 내게 그런 말을 했다.

격렬하고 자시고 격렬한 짓을 한 기억은 없었다.

무언가, 저지르고 만 것일까?

아니, 이 느낌으로 봐서는 저질렀던 것이리라.

"내가 무슨 짓 했어?"

"소—타도, 심술궂네요."

릴리는 농염한 표정으로 그렇게 대답할 뿐, 내가 릴리에게 무슨 짓을 했는지 가르쳐주지 않았다.

뭐, 뭐어, 어머니도 미사토도 그 자리에 있었으니…….

이상한 짓은 안 했겠지.

그렇게 생각하기로 했다.

제4장 어학 유학하러 온 귀족 영애, 고백하다

5월 중순께.

"체육제?"

"그래. 『스포츠 대회』야."

체육제 시기가 찾아왔다.

영국에서는 없다고 단언해도 좋을지 모르겠지만 내가 유학 간 학교, 즉 릴리의 학교에서는 체육제와 비슷한 이벤트가 없었다.

"그렇군요. 럭비인가요? 축구인가요? 크리켓? 그렇지 않으면 테니스?"

"어어, 아니, 그런 게 아니야."

통역을 잘못했다.

경기 내용은 공 던지기나 줄다리기 등, 경험자와 미경험자 사이에 차이가 나지 않을 만한 종목이라고 내가 전달하자, 릴리는 눈썹을 찌푸렸다.

"어린애 놀이 같네요."

"싫어?"

"아니요. 가끔은 괜찮겠죠."

그렇게 말하며 살짝 입술에 힘을 풀었다.

참가에 불만은 없는 모양이다.

나는 경기 일람이 적힌 종이를 릴리에게 건넸다.

"집단 경기와 개인 경기, 각각 최소한 한 번은 나갈 필요가 있어. 구체적으로는 학급 회의 시간에 결정하게 돼."

나는 릴리에게 각 경기에 대해서 자세히 설명했다.

집단 경기는 공 던지기나 줄다리기 등이 해당한다.

개인 경기는 달리기 경주나 장애물 경주, 물건 빌리기 경주 등이다.

『이 빵 먹기 경주란 건요?』

"중간에 빵이 매달려 있는데 그걸 입에 물고서 달려."

『예의가 없네요. ……그런데 그 빵은요? 경기가 끝나면 어떻게 하나요?』

"……그건 뭐, 그 사람 거니까 어떻게 하든 자유겠지."

『흐음. ……어떤 빵이 있나요?』

"과자빵이려나. 작년에는 멜론빵이나, 단팥빵이 있었던 것 같은데."

『흐음, 그런가요.』

아무래도 릴리는 빵 먹기 경주……라기보다는 빵에 흥미가 있는 모양이었다.

"집단 경기는 어쩔래?"

"소─타와, 같은 게 좋아요."

나와 함께라면 뭐든지 좋은가 보다.

인기 있는 경기면 제비를 뽑게 되는데, 그 결과에 따라서는 릴리와 따로 떨어지게 되고 만다.

그렇다면 인기 없는 경기를 고르는 편이 좋겠지만…….

"그래도 괜찮겠어?"

"괜찮아요."

가능한 한 재미있을 법한, 추억으로 남을 만한 걸 골라줘야지.

※

"개인 경기, 소우타는 뭘 고를 생각이야?"

학급 자치 시간 전, 쉬는 시간.

미사토가 내게 말을 걸어왔다.

"물건 빌리기 경주일까. 달리기 경주에는 흥미 없고, 장애물은 중3 때 했고."

물건 빌리기 경주는 아직 해 본 적이 없었다.

한 번은 해 보고 싶다고 생각한다.

"집단 경기는?"

"딱히 정하진 않았는데, 릴리와 같은 종목에 나가기로 약속했어."

"흐음. 여전히 러브러브네."

"그런 게 아니라니까 그러네."

나는 눈썹을 찌푸렸다.

다행히도 소문의 당사자는 자리를 비웠지만…….

"그건 부끄러워서 숨기는 거야? 그렇지 않으면 정말로 연인 사이가 아니야?"

미사토는 드물게 진지한 목소리로 나한테 물었다.

진심으로 나와 릴리가 연인 사이라고 생각했던 모양이다.

……아니, 그렇게 여겨질 이유가 없다고까지는 할 수 없지만.

"연인이 아니야."

"흐음, 나라면 친구라고는 해도 이성 동급생의 집에서 홈스테이 안 할 텐데. ……게다가 아멜리아는 신부 수업을 하러 왔다고 했어. 그건 그런 뜻이겠지?"

미사토에게도 그 말을 했던 건가.

『신부 수업.』

"그건 릴리가 이상한 일본어를 배웠을 뿐이야. 착각하는 거라고."

"그런 일이 있을 수 있어?"

"릴리라면 가능하겠지. 저래 보여도 허술하고 백치미가 있으니까."

릴리는 저래 봬도 덜렁이이다.

선입견도 심하고…….

"그럴까? ……그럴지도 모르지. 그래, 아멜리아라면…… 응, 그럴 법하네. 하지만…… 소우타도 꽤, 거시기 하니까…….'"

거시기는 뭔데, 거시기는…….

나도 야무지다고 단언할 수는 없지만 릴리만큼 덜렁거리지는 않는다고.

"아멜리아가 소우타를 좋아할 수도 있잖아?"

"그럴 리는 없어."

"어째서 딱 잘라 말할 수 있는데?"

"전에 물어본 적이 있으니까."

영국에 있었을 때 릴리에게 딱 한 번 물어보았다.

혹시 나를 좋아해? 라고.

나 역시 남자다.

예쁜 여자애와 얘기하면 즐겁고, 기분이 좋아지고 내게 호의를 품지는 않았을지 기대한다.

그렇다고는 해도 결과는…….

"두 번 다시, 착각은 하지 않겠다고 결심했어."

릴리가 빠른 영어로 떠들어댔기 때문에, 전부 다 알아듣지는 못했지만…….

「착각하지 마세요」라고 야단맞은 기억은 있었다.

소소하게 상처 입었다.

"흐음. 그렇게는 안 보이는데……. 참고로, 소우타로서는 어때? 아멜리아를 좋아해?"

"아니……, 별로. 미인이고 예쁘다고 생각하기는 하지만."

착각하지 말라는 말을 듣고서 상처 입은 것은 사실이었다.

하지만 동시에 안심하기도 했다.

릴리하고는 친구로 있고 싶었기 때문이다.

"연애하고 싶다는 생각은 안 해. 특히 친구하고는. ……미사토 너라면 이해하잖아?"

내 물음을 듣고 미사토는 쓰게 웃었다.

"……그러네. 친해도 가치관이 안 맞으면 헤어져야만 하는 걸. 그렇게 되면 거북해. 친구는…… 친구 사이가 제일이지."

아무래 사이가 좋아도 가치관이 맞지 않으면 관계는 깨진다.

한번 그런 관계가 되어버리면 다시는 원래대로 돌아가지 않는다.

나도 미사토도, 그 사실은 잘 안다.

『둘이서 무슨 얘기를 하나요?』

언짢은 목소리가 들려왔다.

거기에는 뾰로통한 표정을 지은 릴리가 서 있었다.

일본어 수업에서 돌아온 모양이다.

"흐흥, 뭘 것 같아?"

"야, 들러붙지 마."

미사토는 히죽히죽 웃음을 띠면서, 왼팔로 내 오른팔을 휘감았다.

내게 자기 몸을 찰싹 붙여왔다.

짜증 나…….

"흥미, 없어요."

릴리는 그렇게 말하면서 미사토를 노려보았다.

그러더니 양손으로 내 팔을 붙잡았다.

"자, 잠깐…… 릴리?!"

그리고 그대로 강하게 끌어당겼다.

나는 당황해서 양다리에 힘을 주고서 버텼다.

그러자 릴리는 양팔로 내 몸을 끌어안았다.

부드러운 가슴이 내 가슴에 닿았다.

하지만 릴리는 그런 것도 신경 쓰지 않은 채 온몸을 이용해 나를 잡아당겼다.

"소—타. 체육제, 얘기, 해요. 같이, 무엇에 나갈지. 상담이에요."

릴리는 그렇게 말하면서 나를…… 아니, 미사토를 노려보았다.

그러자 미사토는 무엇이 재미있는지 작게 웃었다.

"어머, 그래. ……힘내."

그렇게 말하며 내 팔을 놓았다.

오른쪽에서 잡아당기는 힘이 사라지게 되자 균형이 무너졌다.

"이, 이런……."

필연적으로 내 몸은 왼쪽으로…… 릴리 쪽으로 쓰러졌다.

곤란해!

나는 황급히 릴리의 몸을 끌어안았다.

『꺄악!』

"으……."

양다리에 힘을 넣어 쓰러지지 않게끔 버텼다.

천천히 자세를 바로 세웠다.

"릴리, 괜찮아?!"

『으윽…….』

릴리에게서 돌아온 대답은 신음이었다.

자세히 확인하니 릴리의 얼굴은 내 가슴팍에 짓눌려서 파묻혀 있었다.

발끝이 살짝 바닥에 닿아 있었다.

……끌어안는 기세로 안아 올리고 말았던 모양이다.

나는 황급히 릴리에게서 떨어졌다.

『푸하아…….』

"미안, 괜찮아?"

나는 천천히 물러나면서 릴리에게 물었다.

릴리의 얼굴은…… 새빨갰다.

이쪽을 그렁그렁한 눈으로 노려보고 있었다.

"저, 저기……."

『소─타는 엉큼해요!!』

픽!

내 가슴팍을 주먹으로 두드렸다.

소소하게 아팠다.

릴리는 그대로 콧소리를 울리면서 자기 자리로 돌아가 버렸다.

"소우타는 엉큼해!"

"너 때문이잖아!"

나는 미사토를 째려보았다.

※

체육제까지 며칠 남은 날.

그날 체육 시간에는 남녀가 섞여서 체육제 연습을 했다.

일부 경기에는 릴리 같은 미경험자가 있었다.

최소한의 규칙이나 요령을 파악하는 것이 목적이었다.

『아직 5월인데, 꽤 덥네요.』

릴리는 태양을 올려다보면서 중얼거렸다.

학교 지정 체육복을 입고 있었다.

머리카락은 움직이기 쉽게끔 포니테일로 묶었다.

"일본의 5월은 이래."

"……그런가요."

릴리는 눈썹을 찌푸렸다.

자세히 보니 흰 피부에 살짝 땀이 배어 있었다.

영국인인 릴리에게는 이 시기여도 몹시 더운가 보다.

"뚫어지게, 쳐다보지 마세요. ……엉큼해요."

릴리는 그렇게 말하면서 다리를 꼼지락거렸다.

우리 학교 체육복 여자 바지는 길이가 좀 짧은 편이었다.

그래서 릴리의 하얗고 긴 다리가 눈에 띄었다.

"아아, 미안."

나는 시선을 피했다.

그럴 의도는 없었는데…….

릴리에게 지적받자 이래저래 신경 쓰이고 말았다.

릴리처럼 몸매 좋은 여자애가 체육복을 입으면 그 몸의 굴곡이 도드라지게 된다.

눈에 해롭다.

"빨리 연습 안 할래? 시간은 한정되어 있으니까."

"……어째서 너까지."

릴리가 연습하자고 재촉하는 미사토를 노려보았다.

미사토도 우리와 같은 경기에 참가한다.

릴리는 그 점이 불만인 모양이다.

이 두 사람은 사이가 좋은 건지 나쁜 건지 잘 모르겠다.

"가위바위보에서 졌으니까. 빨리 지네발 릴레이를 연습하자."

지네발 릴레이.

여러 명의 경기자가 세로 일렬로 늘어서서 다리를 앞뒤로 묶고 골까지 경쟁하는 경기이다.

이인삼각의 다인 버전이라고 하면 될 것이다.

또한 우리 학교에서는 다섯 명이서 함께 한다.

"……방해, 하지 마세요."

"제대로 진지하게 할 건데?"

"그쪽이 아니에요."

릴리와 미사토는 나를 사이에 두고 다리를 줄로 묶으면서 싸우기 시작했다.

호흡을 맞춰야만 하는 경기인데…….

종목을 잘못 선택했나?

"소—타, 미사토와, 너무 달라붙었어요."

연습을 시작하고서 곧, 릴리가 뒤에서 불평했다.

선두가 미사토이고 내가 그 뒤, 그 뒤가 릴리이다.

또한 그 뒤에는 같은 반 여자애, 다음으로 같은 반 남자애로 이어진다.

"아니, 이 정도로 안 달라붙으면 위험한데……."

미사토가 상대니까 사양하지 않고서 달라붙기는 하지만…….

그보다—.

"그보다 릴리, 너무 달라붙은 게 아닌지……."

"보통, 이에요."

과연 이게 보통일까?

등에 부드러운 게 계속 닿는데…….

게다가 릴리가 말할 때마다 숨결에 귓가를 간지럽힌다.

때때로 뒤에서 새콤달콤한 향기가 감돈다.

"소우타, 좀 더 달라붙어도 되는데?"

"미사토!"

"부탁이니까 싸우지 마."

생각했는데 이거, 남녀 혼합으로 하면 안 되는 경기잖아…….

※

나, 아멜리아 릴리 스태퍼드가 일본에 유학하러 온 지 약 한 달.

학교에서 돌아온 후 나는 빨래를 하고 있었다.

"흐흠."

콧노래를 부르면서 세탁기에 세탁물을 차례차례 집어넣었다.

처음에는 세탁기 사용법도 몰랐던 나였지만 지금은 완벽하다.

어엿한 신부에 가까워지고 있다.

"……앗."

이것은 소우타의 체육복이다.

살짝 축축한 것은 땀이겠지.

오늘 체육 시간의 기억이 되살아나기 시작했다.

체육제에서 할 지네발 릴레이를 연습했던 것이다.

지네발 릴레이에서는 앞 사람에게 몸을 밀착시켜야만 한다.

그래서 나는 어쩔 수 없이, 그렇다, 어쩔 수 없이…… 소우타
와 몸을 붙였다.

……그에게서는 무척 좋은 냄새가 났다.

"……."

나도 모르게 숨을 삼켰다.

바로 몇 시간 전까지 소우타가 입고서 운동하던 옷이다.

소우타의 냄새가 아직 잔뜩 남아 있을 것이다.

가슴이 두근거린다.

"안 돼요. 이, 이런 짓을, 해서는……."

정말로 안 돼?

그치만 우린 연인 사이인데?

조금쯤은…….

아니, 하지만 그러면 상스럽고…….

"……아아."

정신을 차리고 보니 내 코끝은 체육복에 붙어 있었다.

이제 멈추지 않는다.

멈출 수 없다.

"쓰읍, 하아."

폐 속이 소우타로 가득해진다.

소우타아……

"……이건 안 되겠네요."

사람을 못 쓰게 만든다.

소우타 성분에는 의존성이 있다.

나는 체육복을 세탁기에 던져 넣었다.

"그만두죠."

일단 오늘은…….

※

빨래를 다 마친 후.

"흐음, 부럽다. 체육제라니. 나도 애니메이션에서 본 적 있어! 사진 보내줘야 해?"

"네, 저도 알아요."

나는 오랜만에 절친 메리와 전화 통화를 하고 있었다.

일본어로 나누는 대화도 익숙해지기 시작했지만 역시 영어로 얘기하니 조금 안심이 된다.

소우타도 영어는 할 수 있으나 네이티브는 아니고…….

"맞다, 텔레비전 봤어!"

"……텔레비전? 아아, 그 인터뷰 말인가요?"

소우타와 같이 데이트했을 때 나는 일본 텔레비전 방송국에서 인터뷰를 받았다.

일본을 방문한 외국인에게 「무엇을 하러 왔는지」를 인터뷰하고 때에 따라서는 깊게 파고들어 가는 방송이었다.

나는 똑똑하게 「신부 수업이에요」라고 대답했다.

"그거, 영국에서도 방송하고 있나요?"

일본 방송인 줄 알았는데…….

"그럴 리가. 인터넷에서 봤어."

"그렇군요."

요즘 시대에 외국 텔레비전 방송을 보는 일은 그리 어렵지 않다.

난 또, 메리는 재패니즈 애니메이션만 보는 줄 알았는데…….

그런 것도 보는구나.

"SNS에서 살짝 화제가 됐거든. 신경 쓰여서 봤더니 너였으니까 깜짝 놀랐어."

SNS…….

아마, 메리 같은 영어권 재패니즈 애니메이션 오타쿠가 모인 마경이겠지.

"화제인가요? 어떤 식으로요?"

"재미있……, 무척 귀여운 영국인 여성이라고."

"후후, 당연해요."

내 귀여움은 만국 공통, 세계 제일이다.

이렇게 귀여운 연인을 둔 소우타는 행복한 사람이다.

"하지만 둘이 사이가 좋아 보여서 안심했어. 제대로, 연인으로 지내는구나."

"당연해요. 말했잖아요? 저와 소─타는 연인이라고요."

"흐음. ……제대로 좋아한다고 말했어?"

그, 그건…….

"아직, 이지만요. 하지만 전해졌을 거예요."

"글쎄. 확실히 텔레비전에서 본 느낌으로는 그런 기분은 들지만. 너와 단둘이 있는 게 좋다고 말했고……."

"네. 저를 『여성 친구』라고 말해줬어요."

"……으응? 『여성 친구』? ……그 애는 그렇게 말했어?"

"네. 인터뷰 전에, 방송국 사람에게 그렇게 소개해 줬어요."

인터뷰에는 실리지 않았지만…….

처음에 나를 그렇게 소개해 주었다.

"……릴리, 그게 무슨 뜻인지 알아?"

"어, 물론이죠. 연인 맞죠?"

간단한 일본어 조합이니까, 의미를 짐작하기는 쉽다.

실제로 나는 소우타의 연인이니까, 문맥을 통해 생각해도 그 뜻이 맞을 것이다.

"아마, 아닐 거 같은데……."

"네?"

"일본어로『여성 친구』는 성별이 여자인 친구라는 의미인데, 즉 평범한 친구라는 뜻이야."

"……농담은 그만두세요. 자꾸 그러면 화낼 거예요."

"농담이 아닌데."

"……."

그, 런, 말, 도, 안, 되, 는…….

"안 믿어요. 애당초, 메리는 일본어 네이티브가 아니죠? 대충 말하지 마세요."

"하지만 애니메이션에서는……."

"애니메이션 얘기를 현실에 갖다 붙이지 마세요. 저와 소―타는 연인 사이예요. 틀림없이 그래요."

"그래. 네가 그렇게 생각한다면 상관없겠지? 그럼 다음에 또 통화하자……."

메리의 차가운 목소리를 듣고 나는 퍼뜩 정신이 들었다.

"미안해요. 제가 잘못했어요. 내버리지 마세요."

이대로 가면 소우타에게 버려질지도 몰라…….

그런 건 참을 수 없어!

『괜찮아, 안 내버려. ……게다가, 내 생각엔 그 애는 너에게 마음이 있는 것 같아. 영국에 있을 때의 그 애밖에 모르지만.』

"그, 그런가요? 그럼 어째서, 단순한 친구라고……."

좋아한다면 연인이라고 말하면 되는데…….

부끄러움을 숨기는 걸까?

"아마 그 애는 너에게 차였다고 생각하는 거겠지."

"……무슨 소리, 인가요?"

차였어?

나는 이렇게 소우타를 좋아하는데?

"그야 너, 영국에서 그 애가 귀국할 때, 절교라고 말했잖아?"

"그, 그건…… 바, 반년도 전의 이야기인데요?!"

"맞아, 반년이야. 반년 동안, 그 애를 내버려 뒀잖아?"

"윽……."

그, 그건 그렇지만…….

왜냐하면, 새삼스럽게 사과할 수는 없고.

껄끄러웠고.

미움받으면 어쩌나 생각하니 무섭고…….

"하, 하지만 지금은 이렇게, 친하게 지내는데요?"

"그러니까 친구인 거겠지? 그 애도 널 좋아하지만, 차였다고 생각하니까…… 둘 사이가 연인으로 돌아갔는지 모르니까, 태도가 모호한 거야."

"그, 그렇군요……?"

그랬던 건가…….

그렇다면 그렇게 말해줬으면 좋았을 텐데.

"그럼 저는 어떻게 하면 좋을까요?"

"사과해. 이전 관계로 돌아가고 싶다고."

"……제가 사과하는 건가요?"

"당연하지. 어떻게 생각해도, 네가 잘못했잖아?"

"하, 하지만 연인을 내버려 두고……!"

"귀국 안 할 수는 없잖아! 비자도 끝나 버릴 테니까."

"하, 하지만 미리 말해줬더라면, 저도…… 그렇게 갑자기……."

"말했어! 네가 안 들었을 뿐이잖아?! 설령 그 애에게 잘못이 있다고 해도, 절교하겠다는 말을 꺼낸 건 너니까 네가 먼저 철회해!"

"그, 그럴지도 모르지만요. 어떻게 해야 할지……."

"절교라고 말해서 미안해요. 당신을 좋아해요. 연인으로 돌아가 주세요. 그렇게 말하며 고개를 숙여. 이러면 해결되니 간단하잖아?"

"하, 하지만, 만약 나를 싫어한다면……."

"싫어하는 여자와 단둘이서 데이트는 안 해! 너는 세상에서 제일 귀엽잖아?"

"그, 그렇죠?!"

괜찮아.

소우타는 나를 좋아해.

조금, 착각과 엇갈림이 있을 뿐.

나는 스스로 그렇게 타일렀다.

—소우타는 미사토를 좋아하지 않나?

그런 일말의 불안을 억누르듯이…….

※

체육제는 일요일에 치러진다.

그 전날, 토요일.

나는 어머니, 릴리와 함께 주방에 서 있었다.

체육제 점심시간 때 먹을 도시락을 준비하기 위해서이다.

일요일에는 식당이 문을 닫으니 도시락이 필요해진다.

도시락통에는 당일 아침에 담기로 하고, 사전 준비나 오래
보존할 수 있는 음식은 전날에 만들어 두는 것이다.

하지만—.

"엄마, 그 도시락통은…… 너무 크지 않아요?"

채워 넣을 수 있는 음식은 지금 채워 넣어 버리자.

그렇게 말하며 어머니가 꺼내든 것은 거대한 도시락통……
이라기보다는 찬합이었다.

아무리 릴리가 나보다 배는 먹는다고 해도 그 통은 너무
크다.

릴리를 대체 뭐라고 생각하는 건지.

"5인분이니 이만하면 되잖아?"

하지만 어머니는 어리둥절한 표정으로 그렇게 말했다.

……다섯 명?

나와, 릴리와…… 혹시 미사토도?

하지만 나머지 두 사람은?

"……혹시, 엄마도 오는 거예요?"

"어? 가면 안 되니? 부끄러워?"

중학생도 아니고.

부모가 참관하러 와서 부끄럽다는 말은 안 하겠지만…….

"여태까지, 온 적 없잖아요."

어머니는 이런 학교 행사에 그다지 흥미가 없는 사람이다.

초등학생 때는 최소한으로 얼굴을 내미는 정도였고…….

일이 바쁘다고 해서 안 오는 때도 여러 번 있었다.

중학교에 올라가고 나서는 한 번도 오지 않았다.

아니, 딱히 오기를 바란 것도 아니라서 책망할 생각은 없
지만…….

대제 무슨 바람이 불었는지 신경 쓰였다.

"릴리의 용맹한 모습을 카메라에 담아야만 하니까."

"아아, 그렇군요."

릴리를 위해서.

엄밀히 따지자면 릴리의 부모님을 위해서이다.

따님은 잘 지내고 있다고 사진을 보내는 것이다.

확실히 그건 중요하네.

"하지만 엄마를 포함해도 네 명인데……. 아아, 아빠인가."

"그래. 도시락을 각자 싸서 모이기로 했어. 모이는 김에 릴리도 소개할게. 미래의 딸 같은 며느리라고."

그 사람은 매번 오는데.

이번에도 와주겠지.

즉 오랜만에 가족끼리 단란히 모이는 건가.

릴리가 미래의 딸 같은 며느리라는 건 어머니의 착각이랄까 지레짐작이지만…….

"그런 건 미리 말해줘요."

"말 안 했던가?"

"말 안 했어요."

"어머, 하지만 지금 말했잖니."

여전히 설렁설렁한 성격이다.

애당초 몰라도 당일에 알면 되는 정보이기는 하니 아무래도 좋지만.

"그렇게 됐으니까, 릴리. 체육제 날에 아빠를 소개…… 릴리?"

『……흐에? 뭐라고 하셨나요?』

내가 부르자 릴리는 어깨를 흠칫 떨었다.

"체육제에 아빠가 오시니까 소개할게."

"그, 그런가요. 아버님께서…… 네, 알겠어요."

최근, 릴리는 멍하니 넋 놓고 있을 때가 많아 보인다.

무언가 생각에 잠기거나.

불안해 보이는 표정을 짓거나.

내게 뭔가 말하고 싶어 하거나, 말하려다 말거나.

"컨디션이 나빠?"

"어, 아뇨, 조금……."

나는 릴리의 이마에 내 이마를 댔다.

으음, 조금 열이 나는 것 같기도 하고…….

『잠깐, 그, 그만두세요!』

릴리는 양손으로 나를 떠밀었다.

보아하니 릴리의 얼굴을 새빨갛게 물들었다.

"얼굴이 빨간데…… 괜찮아? 열이 있는 게 아닌지……."

『소, 소—타 때문이에요! 이, 바보, 변태! 정말 싫어요!!』

릴리는 그렇게 외치면서 내 가슴팍을 퍽퍽 양손으로 때렸다.

살짝 아팠다.

"미안, 너무 거리낌 없이 만졌어. 아프니까 용서해 줘……."

『……이제 두 번 다시, 하지 마세요.』

릴리는 작게 흥 하고 콧소리를 울렸다.

한순간, 평소의 기세로 돌아온 것처럼 보였는데…….

그렇지만 금세 심각한 표정을 지었다.

무언가 후회하는 것 같은······.

혹시 향수병일까?

"청춘이구나······."

어머니는 즐겁게 웃었다.

어쩐지 화가 나네.

※

체육제 당일.

그날은 운동하기 딱 좋은 화창한 날씨였다.

『으으······, 더워요······.』

릴리는 머리에 트레이닝복을 뒤집어쓰면서 말했다.

얼핏 보기에는 지나치게 더워 보이는데······.

직사광선이 닿지 않는 만큼 한결 나은 것이리라.

『아직 5월인데······. 이상 기후인가요?』

"여름철 날씨이기는 하려나."

『······일본의 여름은 이렇게 더운가요?』

"훨씬 더 더워져."

『거짓말이죠?』

릴리의 마음을 이해 못 할 것도 없었다.

나도 영국이 너무 춥다고 생각했다.

이런 것도 유학의 묘미……라고 여기며 참으라고 할 수밖에 없다.

"이거 참, 이 기온에 지네발 릴레이라니. 종목을 잘못 선택했을지도 모르겠네."

미사토는 펄럭펄럭 가슴께를 부채질하면서 그렇게 말했다.

남자의 시선은 신경 안 쓰이는 걸까?

"그거, 시원한가요?"

"그거? 어느 거?"

"소매 걷기예요."

릴리가 지적하듯이 미사토는 체육복 반소매를 걷어 올렸다.

짧은 반소매가 더 짧아져서 어깨가 드러나 있었다.

……솔직히 그다지 다를 바 없는 것 같았다.

"기분상 시원할까?"

"그렇군요."

릴리는 시험해 볼 가치는 있다고 생각했는지 반소매를 걷었다.

해에 그은 흔적과 흰 어깨, 그리고 땀에 젖은 겨드랑이가 드러났다.

어쩐지 그 모습을 요염하게 느끼고 만 나는 눈길을 피했다.

다리는 부끄러워하면서…….

"어때?"

"달궈진 돌에 물을 뿌리는, 정도로는 시원한 것, 같아요."

달궈진 돌에 물을 뿌려서야 효과가 없는 게 아닌지…….

나는 그렇게 생각했지만 요컨대 「안 하는 것보다는 낫다」라는 말을 하고 싶은 것이리라.

"그런데, 엄마는?"

"릴리의 빵 먹기 경주에 맞춰서 오신대."

미사토의 물음을 듣고 나는 대답했다.

경기는 빵 먹기 경주, 지네발 릴레이, 물건 빌리기 경주 순서로 진행된다.

그러고 나서 점심시간을 사이에 두고 미사토가 나가는 장애물 경기가 시작된다.

순조롭게 진행되면 오전 10시 반부터 오후 2시까지 사이에 우리가 나가는 경기는 전부 끝난다.

아버지도 어머니도 그 시간에 맞춰서 오실 것이다.

자기 자식이 나가지 않는 경기에는 흥미가 없을 테고.

"엄마……?"

릴리가 신기하다는 표정으로 중얼거렸다.

뭔가 신경 쓰이는 점이라도 있나?

『어째서 미사토가 소―타에게 어머님이 언제 오실지 묻죠?』

……웅?

왜냐니, 그야…….

"어째서일 거 같아?"

릴리가 무엇을 신기하게 생각하는지 몰라서 내가 고개를 갸웃거리고 있으니 미사토는 도발적인 웃음을 히죽 띠었다.

릴리는 그런 미사토의 모습을 보고 화들짝 놀란 표정을 띠었다.

『서, 설마…….』

"아멜리아와 같은 이유야."

『그, 그럴 수가……?!』

릴리의 눈이 크게 뜨였다.

그리고 확인하듯이 내 얼굴을 보았다.

무슨 뜻인지 잘 모르겠다.

미사토는 홈스테이를 하는 것도 뭣도 아닌데……?

아니, 애당초 호스트 마더를 어머님^{마더}이라고 부르는 릴리도 이래저래 이상한 것 같지만.

『그, 그런가요. 흐, 흐응……, 그렇군요? 뭐, 뭐어, 부르는 건 지 유지만요.』

내가 곤혹스러워하고 있는데 릴리는 혼자서 멋대로 납득하기 시작했다.

으응?

뭐 납득한다면 상관없나.

10시 반 경.

정시에 맞춰 릴리의 빵 먹기 경주 시간이 되었다.

"다녀오겠습니다."

"잘 다녀와."

나는 릴리를 배웅하고 나서 휴대폰을 꺼냈다.

휴대폰으로 어머니에게 메시지를 보냈다.

릴리의 차례인데 어디에 있어요? ……라고.

읽음 표시가 바로 뜨고 답신이 왔다.

"엄마는 어디에 계신대?"

"보호자석. 아빠와 같이 계신대……. 저기 아니야?"

나는 보호자석 쪽을 손가락으로 가리켰다.

거기에는 어머니와 아버지라 여겨지는 두 사람이 릴리 쪽을 보면서 무언가 이야기하고 있었다.

저 애가 우리 집에 유학하는 영국인 여자애야.

그런 얘기를 하고 있겠지.

"제때 맞게 왔으면 다행이네. 나도 사진 찍어야지."

그렇게 말하면서 미사토는 휴대폰을 들었다.

"릴리를 찍는 거야?"

"응. 엄마한테 부탁받았거든."

"……나는 부탁 못 받았는데."

미사토에게 부탁하지 말라는 소리는 안 하겠지만…….

먼저 나한테 부탁해야 도리에 맞지 않나?

"평소의 『말한 줄 안 거』 아니야? 혹은 신용이 없거나. 소우 타도 설렁설렁하니까."

"엄마만큼은 아니야."

나도 휴대폰을 들었다.

어머니에게는 부탁받지 않았지만 릴리에게는 부탁받았다.

메리에게 보낼 테니 베스트샷을 찍어 달라고.

잠시 시간이 지나자 빵 먹기 경주가 시작되었다.

빵을 향해서 주자 다섯 명이 일제히 달리기 시작했다.

"아멜리아는 빠르지 않아? 육상을 했었어?"

"테니스와 승마밖에 안 했을걸."

"스, 승마……."

빵 먹기 경주는 남녀 혼합이지만 릴리의 달리기는 남자에게 도 뒤처지지 않았다.

남자의 평균 속도보다도 훨씬 빨랐다.

눈 깜짝할 사이에 빵에 다다르자―.

단숨에 도약했다.

"혹시 발레 경험도 있어?"

"발레라면 있나 봐."

"그쪽이냐."

릴리는 단번에 빵을 물더니 그대로 전속력을 내서 달리기 시작했다.

다른 주자가 빵을 무느라 고생하는 와중, 독주하는 릴리.

릴리는 황급히 따라가는 남자를 거들떠보지 않고서 1등으로 들어왔다.

문제는 사진인데…….

"으음, 좀 흔들려 버렸네."

"여전히 조잡하네. 난 제대로 찍었다고."

나는 미사토에게 휴대폰을 보여줬다.

거기에는 공중으로 도약해 멋지게 빵을 문 릴리의 모습이 비치고 있었다.

베스트샷이다.

이거라면 릴리도 불평은 하지 않겠지.

"부럽다. 나한테도 보내줘."

"……릴리에게 허가를 받으면 상관없지만. 어째서?"

"대기화면으로 쓸 거야."

"너무 소름 돋잖아……."

릴리는 네 연인이 아니라고.

그 후로 잠시 시간이 지나고.

"점심때 먹겠어요. 디저트, 예요."

릴리는 자랑스러워하는 얼굴로 과자빵을 가지고 돌아왔다.

획득한 것은 멜론빵이었다.

릴리가 가장 좋아하는 일본의 과자빵이었다.

"사진, 찍었나요?"

"그래. 이거, 어때?"

나는 릴리에게 휴대폰을 보여주었다.

릴리는 작게 콧소리를 울렸다.

"역시 대단해요. 『대기화면』으로 써도, 괜찮아요."

미사토와 똑같은 소리를 하지 말라고.

"안 써. ……연인도 아니고."

내가 그렇게 대답하니 릴리는 커다란 눈을 휘둥그레 떴다.

그리고 어깨를 추욱 늘어뜨렸다.

『그, 그래요……. 그런가요.』

"……왜 그래, 릴리?"

『아무것도 아니에요.』

역시나 지친 것일까?

안색이 좋지 않았다.

"지네발 릴레이, 나갈 수 있겠어?"

"나갈 수 있어요. ……괜찮아, 요."

릴리는 죽은 눈으로 그렇게 말했다.

……정말로 괜찮은가?

지네발 릴레이는 무사히 끝났다.

신경 쓰이는 점이 있다고 한다면 릴리의 주의가 산만했던 것 정도이리라.

게다가 연습 때와 달리 거리가 멀어진 것 같다.

아니, 연습 때는 오히려 지나치게 달라붙었으니 이번이 딱 적당했지만…….

"그럼 물건 빌리기 경주에 다녀올게."

『……네.』

"……릴리, 괜찮아? 보건실에 갈래?"

정말로 컨디션이 나빠 보였다.

미사토에게 따라가 달라고 해서 보건실에 보낼까.

아니면 내가 보건실에 갈까.

『……내버려 두세요.』

릴리의 침울한 목소리로 그런 말을 듣고 말았다.

시간이 다가오니 억지로 릴리를 보건실에 데려갈 수는 없었다.

"그렇구나. ……무리하면 안 된다?"

『네. ……저도 알아요.』

릴리는 생기 없는 목소리로 대답했다.

나는 조금 망설이면서도 운동장으로 향했다.

물건 빌리기 경주가 시작되기 전에 보호자석 쪽으로 힐끔 시선을 보냈다.

거기에는 어머니, 그리고 아버지도 있었다.

이쪽으로 손을 흔들기에 가볍게 마주 흔들어 두었다.

두 사람이 모이는 일은 드물다.

이것도 다 릴리 덕분이네.

그런 생각을 하는 사이에 경기가 시작되었다.

골 앞에 놓인 종이를 한 장 골랐다.

여기에 적혀 있는 것을 어딘가에서 빌려 오면 된다.

편한 내용이면 좋겠는데, 어디 내용은······.

"진짜냐."

편하다면 편하지만 성가신 내용이었다.

흥이 오르는 것은 알겠으나 빌리는 사람과 빌린 물건이 되는 사람의 처지도 생각해 줬으면 좋겠다.

"어쩔 수 없지."

나는 곧바로 우리 반 응원석으로 향했다.

그리고 축 늘어져 있는 릴리에게 말을 걸었다.

"릴리."

『······뭔가요?』

"괜찮아?"

『괜찮아요. ······뭘 하러 왔나요?』

어딘가 토라진 것 같은 될 대로 되라는 목소리로 릴리는 이쪽을 노려보았다.

컨디션이 나쁘지는 않은 것 같지만…….

기분이 언짢아 보였다.

으음, 부탁하기 어려워.

"물건 빌리기 경주에 협력해 줬으면 좋겠는데……."

나는 조심스럽게 종이를 릴리 앞에 펼쳤다.

릴리는 그것을 흥미 없어 보이는 기색으로 바라보고, 그런 다음…….

고개를 들었다.

『미사토가 아니어도 괜찮나요?』

놀란 표정으로 그렇게 말했다.

분명 릴리 다음은 미사토겠지만.

"릴리가 제일이니까."

『그, 그런, 가요……?』

"컨디션이 나쁘면, 다른 사람에게 대신해 달라고 할게……."

역시 컨디션이 나쁜 사람에게 부탁할 일은 아니겠지.

그렇게 생각하면서 내가 발걸음을 돌리려고 하자…….

『기다리세요!!』

릴리가 내 옷을 붙잡았다.

『제가 가겠어요!!』

릴리는 일어서면서 그렇게 말했다.

아까 전까지 언짢아 보이던 표정은 어디로 갔는지.

의욕이 흘러넘치고 있었다.

……부탁해 놓고 이런 말을 하기는 뭣하지만 타산적인 녀석이네.

"괜찮아? 컨디션이 나쁜 거 아닌지……."

『기운이 가득해요! 게다가 저를 대신 할 사람은 없잖아요?』

릴리는 의기양양한 표정을 지었다.

평소처럼 귀여운 릴리가 거기에 있었다.

역시 릴리는 이 정도로 우쭐거릴 때가 더 귀엽네.

『그 대신이라고 말하긴 뭣하지만…… 물건 빌리기 경주가 끝났을 때, 시간을 내주시겠어요? 진지하게 할 말이 있어요.』

릴리는 전에 없이 정색하는 얼굴로 그렇게 말했다.

진지하게 할 말? ……긴장되네.

"좋아, 알았어. 그럼 갈까."

"네."

나는 릴리의 손을 잡았다.

릴리가 어깨를 흠칫 떨었다.

"왜 그래?"

『아, 아무것도 아니에요.』

릴리는 살짝 붉은 얼굴로 그렇게 말했다.

……쑥스러워하는 걸까?

뭐 내용이 내용이니까 당연한가.

이리하여 나는 『가장 예쁘다고 생각하는 여자애』의 손을 잡고서 골에 들어갔다.

※

물건 빌리기 경주가 끝난 후.

우리는 체육관 뒤로 향했다.

릴리가 인적 없는 곳에서 얘기하고 싶다고 말했기 때문이었다.

"그래서, 할 말이 뭔데?"

『저기, 그게, 반년도 더 된 일이지만요…….』

"반년도 더 된 일?"

꽤 시간을 거슬러 올라가네.

……내가 유학하던 때 있었던 일인가.

설마.

『저, 저기…… 헤어질 때 있었던 일이에요.』

"아아……."

그 얘기인가.

서로 마음이 불편해질 뿐이니 개인적으로는 건드리고 싶지 않았는데.

또 나를 책망하는 걸까?

『배웅하지 못해서, 죄송해요.』

릴리는 그렇게 말하며 고개를 숙였다.

……나는 살짝 놀랐다.

『답신하지 않아서 죄송해요. 연락을 취하지 않아서 죄송해요.』

"으, 응. 신경 안 써."

『심한 말을 해서 죄송해요.』

"알았어. 그, 고개를 들어……."

『……절교라고 말해서, 싫어한다고 말해서 죄송해요. 그건 거짓말이에요. 소─타를 싫어하지 않아요.』

릴리는 그렇게 말하고 나서 고개를 들었다.

그리고 이쪽을 물끄러미 바라보았다.

"좋아해요."

그렇게 말하고 나서 한 번 더 고개를 깊게 숙였다.

『연락하지 않은 채, 밀고 들어와서 죄송해요. ……원래의 관계로 돌아가고 싶어요. 부탁합니다.』

원래의 관계라…….

"릴리."

"네."

나도 고개를 숙였다.

『말이 부족했어. 미안해. 알렸다고 생각했어. 나도…… 부탁하고 싶어. 원래의 관계로 되돌아가 주겠어?』

영어로 릴리한테 그렇게 말했다.

그리고 고개를 들었다.

릴리는…….

『어쩔 수 없네요. 용서해 줄게요. 그 대신, 용서해 주셔야 해요?』

눈가에 맺힌 눈물을 손가락으로 닦으면서 미소 지었다.

이리하여 우리는『절친』으로 돌아갔다.

※

우리는 둘이서 반 응원석으로 돌아갔다.

거기에는 미사토와 어머니, 그리고 아버지가 기다리고 있었다.

때마침 잘 됐다.

"어, 찾았다! 둘이서 뭐했어? 혹시 밀회?"

"그렇지 뭐."

나는 미사토의 놀림을 적당히 흘려넘기면서 아버지 쪽으로 몸을 돌렸다.

"오랜만이에요, 아빠."

"오오, 오랜만이다, 소우타. 그런데 그 애가…… 『가장 예쁘다고 생각하는 여자애』냐?"

아버지는 히죽거리는 웃음을 띠면서 그렇게 말했다.

웃는 방식이 미사토와 쏙 빼닮았다.

"맞아요. ……릴리, 소개할게. 이 아저씨가 우리 아버지셔."

『카사이 소우지입니다, 미스 스태퍼드. 아들과 딸이 신세 지고 있습니다. ……아멜리아 양이라고 불러도 될까요?』

아버지는 점잔 빼는 태도로 무릎을 꿇고 릴리에게 그렇게 말했다.

어머니는 작게 「나잇살 먹고서 폼 재긴」이라고 투덜거렸다.

"네, 저야말로. 아멜리아 릴리 스태퍼드입니다, ……아버님. 릴리라고 불러주세요."

릴리는 우아하게 인사했다.

……아버지에게도 릴리 호칭을 허락하는 건가?

초면인데?

나는 반년이나 걸렸는데?!

"아버님?! 그거 좋네. 딸을 둘이나 두게 되다니, 끝내주는군!"

"……둘이요?"

릴리는 어리둥절하게 고개를 갸웃했다.

그리고 주위를 둘러보았다.

"또 한 사람, 있나요?"

"여기에 있어."

미사토는 히죽 웃음을 띠었다.

릴리는 신기하다는 듯이 고개를 갸웃했다.

……뭔가 신기한 일이 있나?

"빨리 식사하자. 시간도 밀렸으니."

"아아, 그러네. 소우타, 미사토, 어디 좋은 곳을 가르쳐다오."

"……미사토, 도? 어째서?"

"릴리도 함께인데? 말했잖아? 다섯 명이서 도시락을 먹는다고. 가족끼리 단란하게……. 어라? 말 안 했던가?"

『……다섯 명? 미사토도? 가족?』

릴리는 멈춰 섰다.

그리고 툭 중얼거렸다.

『카사이 미사토. 카사이 소―지. 쿠도 소―타. 응? 어떻게 된 건가요?』

"……뭐가?"

『어째서 미사토와 소―타의 아버님 성씨가 똑같나요? 소―지와 성씨가 다른 건요?』

"아빠와 엄마가 이혼했으니까. 나는 엄마 성씨로 바꿨어. 모자 사이에 성씨가 다르다고 태클을 걸면 성가시니까."

『미사토는……?』

"아빠를 따라갔으니까 그대로인데?"

『……따라갔다? ……어?』

릴리는 입을 떡 벌렸다.

『남매, 인가요? 피를 나눈?』

"그런데?"

『……같은 학년인 건요?』

"쌍둥이니까. 그리고 내가 오빠야."

우리는 이란성 쌍둥이다.

……어?

"말 안 했던가?"

『말 안 했어요!!』

릴리의 성난 목소리가 울려 퍼졌다.

※

『이해할 수 없어요. 어째서 말 안 하나요? 그런 중요한 일을! 그런 점이 정말 싫어요.』

릴리는 도시락을 먹으면서 나를 노려보았다.

화를 내든지 먹든지 둘 중 하나를 하면 좋을 텐데.

"미안하다니까. 말한 줄 알았어. 내 달걀말이를 먹을래?"

나는 사과하면서 릴리의 비위를 맞춰주었다.

이미 말한 줄 알았는데…….

돌이켜 생각해 보면 확실히 말하지 않은 기분도 들었다.

이건 내가 잘못했다.

『……반성하시나요?』

"중요한 일은 꼭 말할게."

『……어쩔 수 없네요. 용서해 줄게요.』

릴리는 작게 콧소리를 울렸다.

그리고 달걀말이를 먹으며 눈을 가늘게 떴다.

행복해 보이는 표정이었다.

"보통, 말하는 걸 잊어버리나……?"

"그러게 말이야. 내 아들이지만 기가 막혀."

"남 말은 못 하잖아, 미코토. 네가 알려줬으면 됐을 일이야."

이혼 전에는 카사이 미코토.

결혼 전에 쓰던 옛 성씨로 돌아가서 지금은 쿠도 미코토.

그것이 어머니의 이름이다.

"소우타가 알려준 줄 알았어."

"그 어머니에 그 아들이로군."

"유전이란 참 무섭지."

미사토는 깔깔 즐겁게 웃었다.

이거 봐.

"너도 말 안 했잖아?"

"난 말했는데? 아멜리아가 얘기를 안 들었을 뿐이지."

"못 들었어요."

릴리는 미사토를 노려보았다.

내 잘못은 인정하지만 미사토도 비슷할 만큼 잘못이 있다.

"거 봐, 못 들었다고 말하잖아."

"말했어. 나랑 소우타는 가족이라고. 덧붙여서 내가 누나야."

"……."

미사토의 말을 듣고 릴리는 눈알을 굴렸다.

그러고 보니 비슷한 말을 들었지.

……어?

"릴리?"

혹시.

릴리에게도 잘못이 있는 거 아닌가……?

『아, 아멜리아가 아니라, 릴리라 불러도 돼요!』

"정말로? 고마워, 릴리! 뭘 좀 아는구나!!"

미사토는 릴리의 손을 잡았다.

얼버무렸구나…… 릴리 녀석.

그보다 아까 흘려들을 수 없는 말이 있었지.

"내가 오빠라고. 먼저 태어난 건 나야."

"어머? 그거 몰라? 나중에 태어난 쪽이 먼저 들어간 거니까
누나야."

"그건 미신이잖아? 법적으로는 먼저 태어난 쪽이 오빠라고."

"하지만 내 쪽이 누나 같다고 생각 안 해?"

누나 같은 건 또 뭔데…….

"그러네요."

"릴리?!"

나는 생각지 못한 배신을 당해 릴리 쪽을 보았다.

릴리는 주먹밥을 다 먹고서 샌드위치로 손을 뻗으려던 도중이었다.

어느 쪽 서열이 위인지는 아무래도 좋다.

지금은 식사가 우선이다.

릴리는 그런 표정이었다.

"싸우는 것도 바보 같아."

"흐웅, 그럼 인정하는구나?"

"멋대로 해."

법적으로는 내가 오빠.

그 사실은 바뀌지 않는다.

이러쿵저러쿵해서 가족끼리 오랜만에 보내는 단란한 시간은 끝났다.

또한 미사토와 아버지가 가지고 온 도시락을 포함해 3분의 1쯤은 릴리가 먹었다.

"그런데 미사토."

식사를 마친 릴리는 작게 헛기침했다.

그리고 아버지와 어머니에게 힐끔 시선을 보냈다.

……왜 그러지?

"한 가지, 말해둘 게, 있어요."

"……뭔데?"

왜 그러는 건데?

새삼스럽게 정색을 다 하고…….

"이런 자리에서, 해야 할 말은, 아닐지도 모르겠지만요."

릴리는 아주 조금 거북해 보이는 표정을 띠었다.

그리고 미사토를 똑바로 바라보며…….

"근친상간은, 신께서, 용서하지 않으실 거예요."

……무슨 소리를 하는 거야, 이 녀석?

"……뭐?"

미사토는 입을 떡 벌렸다.

아버지와 어머니는 얼굴을 마주 보았다.

근친상간.

……근친상간?!

"잠깐, 릴리! 너, 착각하고 있어!!"

"죄송해요. 하지만. 미사토를 위해서……."

"진정해, 릴리. 있잖아, 확실히 난 이래저래 오해를 불러일으킬 만한 발언을 했지만. 그건 릴리를 놀리기 위해서라고. 그런 게 아니야!! 잠깐, 아빠? 엄마? 그런 표정 짓지 말아요!! 아니라니까요!! 소우타 너도 뭐라고 말 좀 해봐!!"

미사토는 크게 마구 소리쳐 댔다.

이 녀석이 당황하다니 별일이네.

하지만 그렇구나.

뭔가 최근 거리감이 가깝다 싶더라니.

"그랬던 건가……."

"소우타! 도가 지나친 농담은 하지 마!! 웃어넘길 수 없다고!!"

미사토는 내 어깨를 붙잡으며 세게 흔들었다.

일단 나는 「그런, 설마」라는 얼굴을 해뒀다.

"후훗…… 쿠쿡…… 아하하하."

릴리는 끝내 참을 수 없었는지 커다란 목소리로 웃음을 터뜨렸다.

그리고 짓궂은 표정으로 말했다.

"앙갚음, 이에요."

"……어?"

미사토가 입을 떡 벌렸다.

이 녀석의 이런 얼굴도 별인이네.

좋은 구경을 하게 됐다.

릴리 만만세네.

에필로그

"릴리, 체육제는 어땠어?"

체육제가 끝나고 집으로 돌아가는 길.

나는 릴리한테 그렇게 물었다.

"즐거웠어요."

릴리는 기분 좋은 목소리로 그렇게 대답했다.

익숙하지 않은 이벤트라고 생각하는데 즐겁게 즐긴 모양이다.

"하지만, 더웠어요……."

"아아, 응……."

"게다가, 이래저래, 피곤해요. 마음이."

마음이?

정신적으로 지쳤다는 뜻인가……?

"하지만, 다행이에요. 일본에 와서."

"그건 잘됐다. ……즐거운 이벤트는 아직 잔뜩 있으니까."

"기대할게요."

릴리는 그렇게 말하며 고개를 끄덕였다.

그리고 머뭇거리는 기색으로 손을 뻗어…….

"어?"

내 손을 살며시 잡았다.

그리고 거리를 가까이했다.

잡은 손을 풀 수도 없어서 나는 곤혹스러웠다.

"슬슬, 여름, 이죠?"

"아, 응."

"바다, 가자고 한 거, 기억해요?"

"어, 그래…… 물론이지."

지금 떠올랐다.

귀국하기 직전, 여름방학 전.

릴리가 나한테 「바다에 가요」라고 권유했었다.

나는 귀국이 다가오기도 해서 스케줄 문제로 거절할 수밖에 없었지만…….

그 일이 싸움의 원인이었지.

"올해, 벌충, 해주세요."

"아아, 응……. 벌충이구나. 알았어……. 일본의 바다면 될까?"

"네. 수영장이어도, 괜찮아요."

바다인가, 수영장인가.

어디로 갈지 생각해 둬야만 하겠네.

하지만 귀족 영애의 안목에 맞을 만한 곳이 있을까?

"그럼, 다음에, 수영복, 고르러 가요."

"……수영복?"

"없으면, 수영 못 하잖아요?"

그야 그렇지만…….

나랑?

"소—타가, 골라주세요."

"나랑 가도 괜찮겠어?"

"소—타가, 좋아하는 거, 입겠어요."

릴리는 뺨을 붉히면서 그렇게 말했다.

으, 응……. 뭐, 상관없지만.

"아, 알았어……."

영국에서는 절친끼리 수영복을 고르는 건가……?

그런 의문을 느끼면서.

나는 저녁놀 속에서 절친과 손을 잡고 걸었다.

※

"있잖아, 미사토."

체육제를 마친 후, 처음 맞이하는 수업일.

나, 카사이 미사토에게 남동생 소우타가 말을 걸어왔다.

"뭔데?"

"……상담할 게 있는데."

소우타는 그렇게 말하더니 주변을 둘러보고는 마지막으로 교실 문 근처를 확인했다.

릴리가 교실 이동으로 없는 타이밍에, 소우타가 이런 거동을 취하는 것은 릴리에게 들려주고 싶지 않은 이야기를 할 때이다.

"릴리랑 싸웠어?"

"아니, 싸우지 않았달까…… 오히려 반대인데."

흠.

……반대?

"미사토 너 말이야. 무척 사이가 좋은 남성 친구가 있다고 쳐 봐."

"응."

"둘이 손을 잡아?"

"……글쎄. 그렇게까지 사이좋은 남성 친구가 없으니까 뭐라고 말 못 하겠네."

이 말투로 봐서 소우타는 릴리와 손을 잡은 것이겠지.

……좀, 지나치게 둔한 거 아닐까?

"그럼 있잖아. ……같이 수영복을 고르러 가?"

"……수영복을 고르러 가?"

"그래."

"……."

이미 고백한 것이나 마찬가지잖아.

좋아한다고 어필하고 있잖아.

보통, 마음에 없는 남성에게 수영복을 골라달라는 부탁은 안 하겠지…….

"으음, 어떨까……."

좋아하는 이성이라면 골라달라고 생각할지도 모르겠지만.

그렇게 말하고 싶었으나 꾹 참았다.

그것은 릴리가 자기 입으로 해야 할 말이다.

"가령 릴리가 소우타 널 좋아한다면 어쩔래? 사귈 거야?"

"안 사귀어. 거절할 거야."

즉답이었다.

뭐 그렇겠지. 소우타라면 그렇게 할 것이다. 나라도 그렇게 한다.

아빠와 엄마처럼 계속 친구로 지내며 사이가 좋았는데, 결혼한 탓에 싸워서 소원해지게 되면 너무나도 쓸쓸하다.

그 과정에서 태어난 것이 우리라고 하더라도.

부모님과 같은 전철을 밟고 싶지는 않다.

하지만 릴리의 연애는 응원하고 싶다. ……그 애는 귀여우니까!

좋아, 여기에서는 대충 얼버무릴까.

"아직 혼자 사러 가기 무서운 거 아니야? 말이 안 통할지 아닐지 모르니까."

"그것도 그런가. ……하지만 너랑 가면 되지 않을까?"

"그 앤 나한테는 아직 마음을 안 열어주니까."

"그렇구나. 그것도 그런가."

"어쩌면…… 너한테 특별한 마음이 있을지도. 그게 좋아한다는 마음인지 아닌지는 모르겠지만."

내가 할 수 있는 말은 여기까지겠지.

뒷일은 릴리가 어떻게 하느냐에 달렸다.

"……뭐, 좋아한다는 말을 들었지만."

"어."

"그 후, 절친으로 돌아가고 싶다는 말을 들었으니까. 친구에 대한 호감이라고 생각하는데."

"그, 그래……."

쓰게 웃는 소우타를 보고서 나는 아무 말도 할 수 없었다.

릴리…… 고백하면 차인다는 사실을 알고서 그러는 거야?

신부 수업이란, 혹시 정말로 기정사실을 만들겠다는 뜻이야?

그렇다면 그 애는 상당한 책사이다.

어쩌면 엇갈림의 천재인가.
기적의 바보

어느 쪽이지? 릴리는 똑똑하지만 어리숙함에 치우쳤으니까.

소우타도 헛똑똑이니까, 잘 어울리는 커플이기는 한데…….

이 두 사람, 과연 괜찮을까……?

후기

처음 뵙는 분은 반갑습니다, 전 시리즈를 읽어주신 분은 오랜만입니다.

우선 본작《어학 유학하러 왔다는 귀족 영애, 어째선지 신부 수업만 받고 있다》를 읽어주셔서 감사합니다.

모처럼이니 본작을 쓰게 된 경위에 대해서 간단히 적어보고자 합니다.

우선 처음에 「동거물을 쓰자」라는 생각이 있었습니다. 그리고 주인공과 히로인이 동거하는 경위로 무엇이 있을지 머리를 굴린 결과 「홈스테이」라는 요소를 떠올렸습니다. 다만, 홈스테이하는 곳으로 같은 나이 또래 이성이 있는 집을 고를까⋯⋯ 하고 고민한 결과, 「히로인은 주인공이 외국에서 알게 된 친구」라는 설정을 생각했습니다.

「정말 좋아하는 주인공을 쫓아서 유학하러 온 미소녀」라는 큰 틀이 이것으로 결정되었습니다. 다만 그것만으로는 흔해 빠진 느낌이 들어서 「주인공은 히로인을 친구라고 생각하는데⋯⋯」라는 설정을 추가했습니다. 이로써 완성입니다.

조금 고민한 것은 히로인의 언어 문제입니다. 일본어를 술술 말하면 외국인이라고 설정한 의미가 없습니다만, 너무 못하면 주인공 이외의 캐릭터와 엮기 힘들어집니다. 서투른 일본어를 할 수 있을 만큼의 상태가 적당합니다만 어떻게 표현해야 좋을지. 정말로 서투르게 만들어 버리면 읽기 힘들고, 그렇다고 카타카나 표기를 쓰면「재미있는 외국인」느낌이 나고 말아요……

그렇게 고민한 결과, 히로인의 일본어는 히라가나 겸 문장을 짧게 끊는 형태로 했습니다.

귀여운 분위기도 나서 느낌이 좋아졌다고 생각합니다.

그럼 슬슬 감사를 드리고자 합니다.

일러스트를 담당해 주신 Green 님. 릴리의 캐릭터 디자인은 이미지와 딱 맞았습니다. 고맙습니다.

이 책에 관여해 주신 모든 분들, 무엇보다 이 책을 구입해 주신 독자 여러분께, 깊이 감사 인사를 드리겠습니다.

그럼 2권에서 또 뵐 수 있기를 기도하겠습니다.

「어학 유학하러
왔다는 귀족 영애,
어째선지 신부 수업만 받고 있다」

Greef
night

릴리의 귀여움이
무지막지 꽉 찬
작품을 꼭 보세요!!
두근거림이 그곳에!!

어학 유학하러 왔다는 귀족 영애,
어째선지 신부 수업만 받고 있다

초판 1쇄 발행	2025년 12월 20일
지은이	사쿠라기 사쿠라
일러스트	GreeN
옮긴이	정우주
책임편집	김기준
디자인	윤가영, 이지희
책임마케팅	최혜령, 박지수, 도우리, 양지환, 박지빈
마케팅	콘텐츠 IP 사업본부
해외사업	한승빈, 박고은
경영지원	백선희, 권영환, 이기경, 최민선
제작	재영P&B
펴낸이	서현동
펴낸곳	㈜오팬하우스
출판등록	2024년 5월 16일 제2024-000141호
주소	서울특별시 강남구 테헤란로 419, 11층 (삼성동, 강남파이낸스플라자)
이메일	olansnovel@naver.com

GOGAKU RYUGAKU NI KITAHAZUNO KIZOKU REIJO,
NAZEKA HANAYOME SHUGYO BAKARI SHITEIRU Vol,1
©Sakuragisakura, GreeN 2024
First published in Japan in 2024 by KADOKAWA CORPORATION, Tokyo.
Korean translation rights arranged with KADOKAWA CORPORATION, Tokyo.

ISBN 979-11-7577-080-5 (04830)
ISBN 979-11-7577-079-9 (세트)

오팬스노벨은 ㈜오팬하우스의 출판 브랜드입니다.

플레이어 네임 유우키, 17세.
스스로 말하기 좀 그렇지만,
살인 게임 전문가입니다.

제18회 MF문고J 라이트노벨 신인상《우수상》수상작
TV 애니메이션 제작 확정!

사망 유희로 밥을 먹는다.
우카이 유시 지음 | 네코메타루 일러스트

교사와 학생의
가깝고도 비밀스러운
청춘 러브 코미디!

너의 선생님이라도 히로인이 될 수 있을까?

하바 라쿠토 지음 | 시오 코우지 일러스트

후시미 츠카사 X 칸자키 히로

이번에는 수줍음 많은
쌍둥이의 여동생 러브코미디!

내 첫사랑은 너무 부끄러워서 아무한테도 말 못 해 1

후시미 츠카사 지음 | 칸자키 히로 일러스트

과연 사람인가, 악마인가.

지금부터 이야기하는 것은

잘못된 것투성이인 사랑 이야기.

괴물인 너에게 고한다, 1

류노스케 지음 | 게소킹 일러스트

@ryunosuke 2024 / Illustration: Gesoking / KADOKAWA CORPORATION